中公文庫

向かい風で飛べ！

乾　ルカ

中央公論新社

❁ 目 次 ❁

❄ スキージャンプ台 ❄

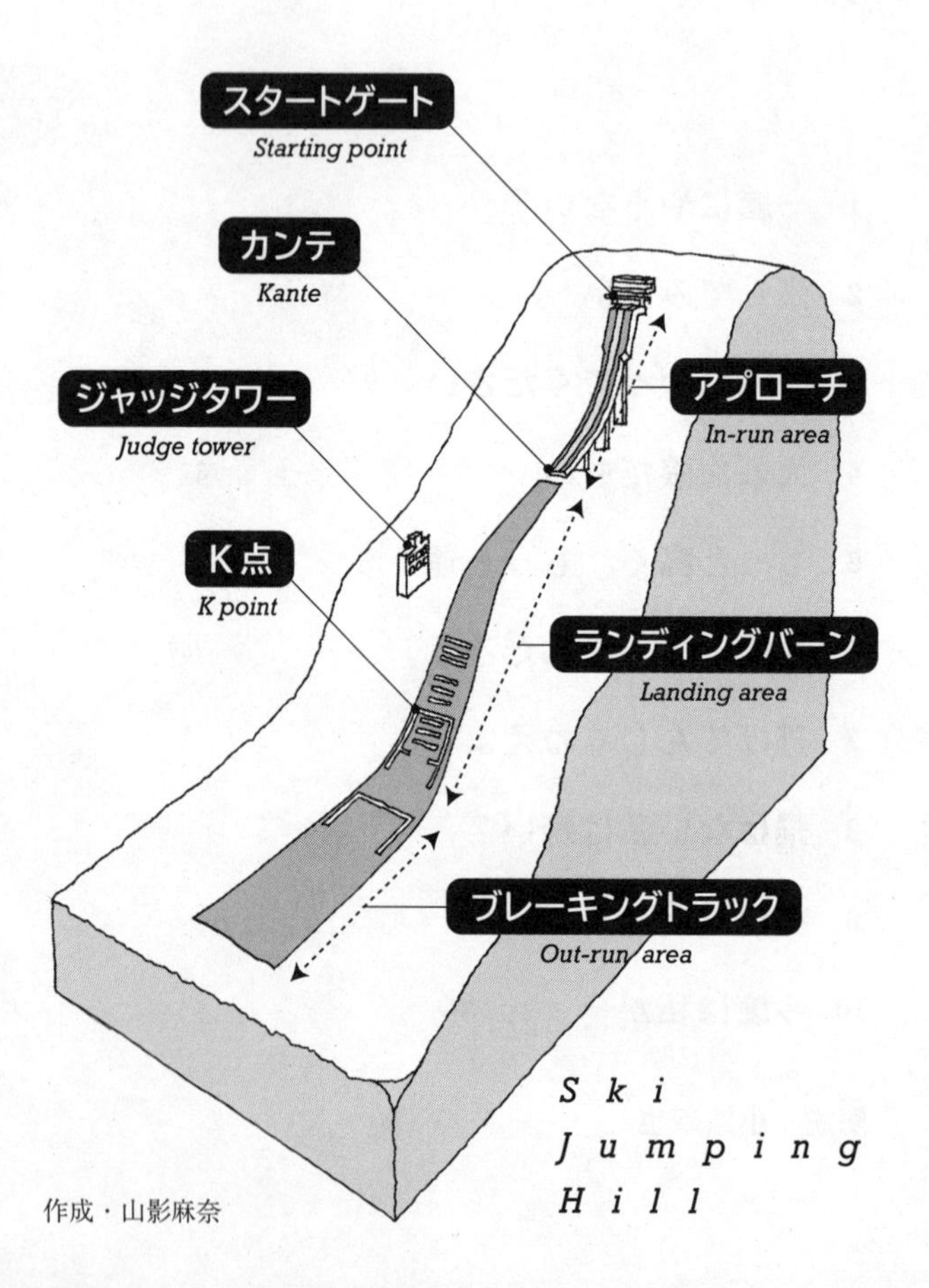
スタートゲート
Starting point
カンテ
Kante
ジャッジタワー
Judge tower
K点
K point
アプローチ
In-run area
ランディングバーン
Landing area
ブレーキングトラック
Out-run area
Ski
Jumping
Hill
作成・山影麻奈

向かい風で飛べ！

1　一緒にやらない？

（さいっあく）

室井（むろい）さつきはかじかむ手に息を吐きかけた。

（最悪、最悪、最悪）

オーバーのフードを深くかぶり直し、前方をうらみがましく見る。降りしきる雪が、空気を白い煙幕に変えている。その幕の向こう側に、それはあった。

沢北（さわきた）町立沢北小学校。

正面から風が吹いてきて、フードが頭からはずれた。額に当たった雪粒が体温で溶けて流れる。さつきはため息をついた。後ろから低学年の男の子二人が、駆け足でさつきの脇をすり抜けていく。少年たちは、傘はもちろん、フードも帽子もかぶってなんかいない。

楽しそうな子どもたち。

さつきは向かい風に脱げてしまうフードを、そのたびにかぶり直していたが、やがて諦めた。雪は間断なくさつきの顔を叩（たた）いた。まるで面白がるみたいに。そして、風と協力し合って、ただでさえ鈍りがちなさつきの足取りを、さらに重くした。

(向かい風)

　まさしくこれだ、とさつきは思う。

(私は向かい風の中にいるんだ。この町に来てからずっと。そしてこれからだって)

風にまぎれて、子どもたちの笑い声が聞こえる。

　どこもかしこも白ばかりになった歩道を踏みつぶすようにして歩き、さつきはなんとか小学校の玄関前に辿りつく。バス停から小学校まで二百メートルくらいなのに、頭も顔もオーバーもめちゃくちゃだった。十二月中旬、札幌ならまだ根雪になっていない年もある時期だ。でも、この町は一ヵ月も前から雪が降りっぱなし。また風が吹いて、門扉のすぐ横にあるハルニレの枝から雪が落ちた。その弾みで雪煙が立ち上り、冷たく乾いた匂いが、さつきの鼻先に届いた。

　正面から風が吹き付けてくる。

「向かい風なんて、大っきらい」

　さつきはそこらの雪を拾って固め、ハルニレの幹に思いっきり投げつけた。ぱん、と小気味よい音がした。子どもたちが、幹に残った白い塊を見つめるさつきの後ろを、なにごともなかったかのように通りすぎていく。

人口四千人の小さな町でたった一つの小学校、そこへ転入生として中途から飛びこむことの難しさを、さつきは痛感していた。クラスは学年に一つ、それも少人数。彼らは幼稚園や保育園の歳から一緒にいる。五年生ともなれば、すっかり人間関係ができ上がってしまっていて、ぽっと出の異分子が入りこむ隙間なんてありはしない。

雪に濡れたブーツを下足入れに突っ込み、上履きに履き替えながら、さつきは初めて沢北小学校に足を踏み入れたときのことを思う。

嫌な予感は、あった。

そもそも、農業や林業が主たる産業の沢北町において、離農などで転校していく子はいても、転入してくる子はかなり珍しいそうなのだ。五年生のクラスに向かう途中、担任の桑原先生は「このクラスへの転入生は君が初めてなんだよ」とにこやかに告げた。ちょっとだけ俳優の上川隆也に似ている桑原先生の横顔を、さつきは少し唇をとがらせながら見上げたものだ。

転校生が以前に一人でもいれば、その共通項で親しくなれたかもしれなかったのに。

（それって、完全アウェーってことだよね）

口に出せなかった懸念は、現実のものとなった。十月頭という中途半端な時期に突如やってきた転入生は、最初のうちこそ珍しがられ、話しかけられたものの、儀式のようなそれが一通り終わると、なにをするにもぽつねんと一人取り残された。

狭い田舎の町で、彼らには既に決まった話し相手、遊び相手がいる。よくわからない転入生なんかより、ずっと気心の知れている相手が。

予期していたこととはいえ、さつきは教室にいるのが苦痛だった。給食時間も一人だった。他のクラスメイトらは、友人と互いの机をくっつけ合って島を作り、楽しげに食べているのに。

積極的に仲間はずれにされているのではないことくらいは、わかる。クラスメイトに悪意はない。彼らは今までの日常をそのまま継続しているだけなのだ。

廊下の床を擦るように歩いて教室へ向かいながら、さつきは心の中で悪態をつく。

（お父さんの、バカ）

祖父母の家がある沢北町は、さつきにとっては夏休みに遊びに行くところだった。それだけでよかった。実家の農家を継ぐと父親の道憲が言いだしたから、こんなことになってしまった。

（お母さんだって反対してた）

——どうして？　今の生活に不満があるの？

——このご時世に、公務員を辞めるだなんて。

——お義父さまのあとを継ぐですって？　いまさらなにを言っているの？

母の困惑と悲嘆が入り混じった声音が、さつきの耳の奥に響き渡る。あのときもっとお母さんの味方をしておけばよかったと、悔やんでも悔やみきれない。

（お父さんは船が港で海がどうとか、訳わからないことを言ってごまかしていたっけ）

だが、父の意思は変わらなかっただろうとも思う。道憲は、沢北町に来るまでは北海道庁の農業試験場で小麦の研究をしていた。難しいことはわからないけれども、今までの小麦よりも育ちやすい新品種を作っていたらしい。父は研究だけではなく、それを実際に作る人になりたかったのだ。

十月なんて中途半端な時期に転校する羽目になったのも、結局は小麦の種を秋が終わるまでに蒔いておかなきゃならなかったからだ。

道憲があとを継ぐとなったときの、さつきの祖父母の喜びようといったらなかった。彼らは家を、一階が祖父母、二階がさつき一家用の二世帯住宅に改築し、受け入れ態勢を万端整えて待っていた。引っ越してきた夜はちょっとしたパーティーだった。焼き肉もお寿司もケーキも、とにかくなんでもあった。そのうちお酒が回ったらしい祖父は、嬉しいと言って泣いた。せっかく受け継いできたこの農地を、自分たちの代で手放さなければならないと思っていた、道憲が帰ってきてくれて本当に良かったと。

（あのお祖父ちゃんの顔を見ちゃったら、なんだか文句を言う気もそがれちゃったけど）

でも、やっぱりそれなりに町に慣れると、嫌なところばかりが目についてしまうのだ。

壁際に設置されたスチームですっかり暖まった教室へ入る。窓は蒸気で曇っている。でもどうせ外が見えたところで、真っ白な雪しかない。

「おはよう」

とりあえず声はかけておく。クラスメイトらも「おはよう」と返してくれる。彼らの声は無邪気で明るい。でも、それだけ。返事をした後は、もうこっちなんて向いてくれない。気の合うもともとの友達と、昨日のテレビやアイドルタレント、マンガやゲームの話なんかで盛り上がって、さつきのことなんてどうでもよくなってしまうのだ。

さつきは自分の席に座り、一時間目の算数の教科書とノートをランドセルから出した。前にいた札幌のクラスだったら、誰かしらそばに来てくれたのに。こちらから話しかけられる友達もいたのに。きっとまだ雪もこんなに積もってなくて、もっと暖かくて、外は晴れていて。

(一人ぼっち)

さつきは頬杖(ほおづえ)をついて、手にしたシャープペンシルを右手の上でくるくると回した。

(中学を卒業するまで、ずっとこんなふうなのかな)

さつきは現在自分が五年生である事実に、ひどくうんざりした。中学校を卒業するまでの年月は、もう記憶すらあまり定かではない小学校入学時から今まで流れた時間より、半年ほど少ないだけだと気づいたからだ。

心の中に強い風が吹く。真正面から吹きつける風が。

（そんな風に向かって、古いママチャリを一生懸命漕いでいる感じ）

どんなに体重をかけてペダルを踏み込もうが、その労力への見返りはあまりに少ない。

（しかも、帰り路は追い風だって期待していたら、風向きが変わって、また向かい風なんだ）

ついていた頬杖をはずして、さつきは机の上に突っ伏した。

（やっぱり札幌に帰りたい）

「おはよう」

そのとき、教室の戸が開く音とともに、凜とした声が響き渡った。さつきははっと顔を上げる。

綿ぼこりが舞う空間を、清涼な風がすっと吹き抜けるように、彼女の声は、どうでもいいざわめきを、いつも一瞬消し去る。

彼女は自分に向けられる視線をものともせず、胸を張って自分の席にランドセルを置く。それから、この年齢の子にしては長身の体を包んでいたダッフルコートを、歩きながら脱いで、教室後方のフックにかける。モスグリーンのセーターにジーンズ。なんでもない服装なのに、どうしてあんなに映えて見えるのか。さわやかな切れ長の瞳。通った鼻筋。白すぎない健康的な肌。引き締められた唇。ショートカットのサイドを耳にかけて、堂々と輪郭をさらしているのも潔い。

なにより、その容姿以上に内から輝いている感じ。他の子にはない、特別なもの。

初めて彼女を見たときから、ずっと気になっていた。

あれはなんだろう？

「おはよう、さつきちゃん」

ふいに彼女はこちらを向いた。にっこりと笑った唇から、並びの良い白い歯がこぼれる。

「お、おはよう、理子(りこ)ちゃん」

どぎまぎして、さつきは心臓の上を手で押さえた。小山内(おさない)理子は微笑(ほほえ)んだまま、ついと顔の向きをまた戻して、静かに自分の席に座った。

理子ちゃん。

なぜだかわからないけれど、妙に目立つ彼女から話しかけられたのは、今朝が初めてだった。どうして話しかけてくれたんだろう、おはようと言ってくれたのだろう。気まぐれなのかもしれない。けれども、嬉しい。

理子の席は窓側の列の、前から二番目。さつきよりも前方である。理子はざわめきの戻ったクラスの中で、どのグループにも加わることなく、曇った窓ガラス越しに外を見ていた。やっぱり微笑みながら。

(もう一度、話しかけてくれないかな)

それとも、思い切って自分から話しかけてみようか。

さつきは黙って椅子に座り雪景色を眺めている理子に、ちょっとシンパシーを感じたのだ。

自分は一人。転入生だから仕方がない。でも、理子はなぜ一人なのだろう。

なんとなく、クラスのみんなも理子を遠巻きにしている感じがする。住む世界が違うというか、一目も二目も置かれている、という雰囲気なのだ。

（大人っぽいからかな？）

今まで観察している限りでは、例外は——。

「おはよー、理子」

短髪の頭から雪を払い落としながら、門田圭介が陽気に手を上げる。

そう、臆することなく理子に話しかけるのは、わりと体格が良くて、成績も一年生からずっとトップだという、クラス委員の圭介、彼だけだ。

「おまえさあ、昨日ワンピース……」

圭介が理子になにか言っている。ワンピースと聞こえた。

（服？　まさかね。マンガの話かな？）

なるほど、理子の涼しげで凛々しい雰囲気には、甘ったるい少女マンガより少年マンガのほうが似合う気がする。「ジャンプ」を読んでいるところを見たことはないけれど、毎週買っているのかもしれない。

さつきは札幌時代に友達から借りて、ときどき「週刊少年ジャンプ」を読んでいた。『ワンピース』はアニメも見ていたし、既刊コミックスも読破していた。何巻かは持っていて家にあるはずだ。

（共通の話題、見つけたかも）

心の中の逆風がちょっとだけ凪いだところで、担任の桑原先生が教室に入ってきた。

異分子から話しかけるというのは、結構勇気がいるものだ。さつきは休み時間のたびに機を窺いつつ、一歩踏み出せないまま給食時間になってしまった。

理子は圭介と机をくっつけて食べている。教室全体はざわめいていて、彼らがなにを話しているのかは聞こえない。

さつきは一人、カレーライスを食べる。給食のカレーライスには、どうしてグリンピースが入っているんだろう、なんてどうでもいいことを考えつつ。

グリンピースを見たら、ピースつながりで朝の「ワンピース」が思い出され、ふと理子のほうに目をやった。

視線が合った。

口に運びかけていたさつきのスプーンが止まった。視線が合ったということは、理子も自分を見ていたのだと気づいて、なぜだか知らないけれど、さつきはやたらとどきまぎしてしまった。

（どうしよう、やっぱり仲良くなりたい）

男子九名、女子十一名という、自分を含めて総勢二十名のこのクラスの中で理子だけが、子どものころからのしがらみとか、ずっと一緒に育ったという、がちがちに固まった人間関係から、自由でいるように見受けられた。友達になるんだったら、彼女しかいない気がした。

（食べ終わったら、思い切って話しかけてみよう。ワンピースのキャラで誰が好き？　とかがいいかな？）

さつきは食べるピッチを上げた。思い立ったが吉日（きつじつ）という言葉もある。ぐずぐずと先延ばしにしていたら、せっかくこっちを向いてくれていた理子の気持ちも変わってしまうかもしれない。

男子にも負けないスピードで給食を平らげ、食器類を銀の針金で編みあげたようなかごに戻し、さりげなく理子の様子を窺う。

理子の皿にはまだご飯と四つ切りのオレンジが残っていた。

（もうちょっと待とう、まだ昼休みじゃないし）

さつきははやる気持ちを抑えて、窓の外へと目を向けた。理子が朝そうしていたように。

雪はまだ降っていた。窓枠で区切られた長方形の中を、斜め三十度くらいの角度で雪粒たちが横切っていく。風はまだ吹いている。雪の動きは速かった。さつきはその粒の一つ一つを目で追いながら、数を数えた。

給食時間の終了と昼休み開始を知らせるチャイムが鳴った。教室内は給食時からのざわめきをそのままひきずっている。教室のそこここで笑い声があがる。数人の女子グループが足取りも軽くどこかへ出ていく。おそらく行き先は体育館だ。今日は金曜日だった。火曜と金曜の昼休みは、五、六年生が体育館を自由に使えるらしいのだ。一度覗きに行ったら、彼女たちは輪になって楽しげにバレーボールを回していた。

(そうだ、理子ちゃんは?)

さつきは理子の席を見た。

無人だった。

思わず内心で頭を抱える。雪なんかぼんやりカウントしている場合じゃなかったのだ。

(どこへ行ったんだろう)

教室を出ていった数人の中にはいなかったはずだ。

すぐ戻ってくるだろうか。

と思ったら、ふいに手元が薄暗くなった。

天井の蛍光灯の光が、なにかに遮られたのだ。

机の横に、人が立っている。

その影を、下から見上げていく。

探していたはずのさわやかな眼差しが、さつきに注がれていた。

そして、彼女は面白そうに笑って言った。

「ねえ、ジャンプ見ない？」


放課後、さつきの足取りはとんでもなく軽かった。知らず知らずのうちに小走りになる。

雪は相変わらず降りしきり、正面から顔を叩いたが、そんなものどうでも良かった、全然気にならなかった。

(誘ってくれた、理子ちゃんから私を)

――ねえ、ジャンプ見ない？

――ジャンプ見ない？

その外見と同じく、気持ちの良い風みたいに清々しい声音が、さつきの頭の中でリピートされ続ける。

「……見る」

突然の誘いがあまりに嬉しくて、半開きになってしまった口から、同意の言葉が転がり落ちるまで、理子は微笑んでいてくれた気がする。

「見る、見る見る。私、札幌でもジャンプ見てたよ」

いったん言葉が出たら、後は勝手に舌が回った。

「ジャンプ、面白いよね。理子ちゃんも好きなの？」

理子はちょっとだけ目を見開いた。

「好きだよ」

もしかしたら、すらっとした白い首を少し傾げたかもしれない。そんな動きもさつきには大人っぽく思えた。

「なら、さつきちゃん。明後日（あさって）の朝……」

理子は待ち合わせの時間と場所をさつきに告げた。その場所はさつきにとってかなり意外だったので、もう少しで「え、そんなところで落ち合うの？」と確認してしまいそうになった。けれども、理子の態度は自信たっぷりで、全然言い間違えたふうではなかったし、さつきもとにかく誘われた事実が嬉しくて、明後日二人で会えるのだったら細かいことはどうでもいいや、という感じになってしまったのだった。

（理子ちゃんの家が、きっと近くにあるんだ）

「じゃあ、明後日。来てみてね」

にっこり笑って自分の席へ戻ってゆく理子の背に、さつきは「うん、うん」と何度も頷（うなず）いた。

「ワ、ワンピース、みんな持ってる？」

理子が肩越しに振りかえって、唇だけで笑った。よく聞こえなかったみたいだった。とにかくさつきは午後の授業も上の空だった。ようやく友達ができそうだ、しかも理子ちゃん。嬉しくて、理科の両生類がどうのこうのなんていうのは、ちっとも耳に入ってこなかった。それよりワンピースの予習をしておかなくては、と思った。きっとその話題が出るだろうから。話がはずまなかったら、せっかくの第一歩で終了してしまう。終業のチャイムが鳴るとさつきは逸る気持ちそのままに教室をかけ出た。理子のそばを過ぎるときだけ、「明後日ね！」と声をかけた。

家へ着くなり、さつきは階段を駆け上がり、自分の部屋にあるワンピースのコミックスをあさった。気に入ったシーンのある巻だけ買っているから、やっぱりところどころ抜けがある。

「お母さん、お願い」

さつきはリビングでテレビを見ていた母親の一美に懇願した。

「お金貸して。明日までにどうしても買わなきゃいけないものがあるの」

「ええ？」

当然、一美は問いただしてきた。「なによ、それって」

「……マンガ」

「は？　バカ言うんじゃないの」

一美はにべもなかった。この町に越してきてからというもの、一美はいつも機嫌が良くない。ならばと、さつきは一階の祖父母を攻めにかかった。

祖父は昼寝をしていて、祖母は台所で漬物をあれこれしていた。

「お祖母ちゃん、お願いがあるの」

「あれ、なんだろねえ？」

「私ね、明日までに……」

財布のひもは両親よりも祖父母のほうが緩い。さつきは二ヵ月分を前借りする形で、五千円のお小遣いをもらうことに成功した。

(私の手持ちを合わせても、全部は揃えられないけれど)

それでも、ないよりあったほうがいいだろう。さつきは財布を握りしめて、町で唯一の本屋へと向かった。

帰ってくるなり、買ってきた巻も合わせて、さつきは部屋にこもり読み返した。自分はルフィが好きだけど、理子ちゃんは誰がいいんだろう？　土曜日も、食事とトイレ、お風呂以外は部屋から出てこないさつきを、両親はいぶかしく思ったようだ。

「あんた、どうしたの？　なにかあったの？」

風呂場の前で待ちかまえていた一美に、さつきはとぼけた。心から楽しみにしていることを口に出して言葉にしてしまうのが、なんだかもったいない気がした。

「お部屋にいたら、お母さんがお父さんにキーキー言うのも聞こえないもの」

一美は眉を上げた。さつきは心の中で舌を出し、部屋に駆け込んだ。


母の一美から大きめのエコバッグを借り、その中にありったけのワンピースのコミックスを詰め込んで、さつきは待ち合わせの場所へ急いでいた。一昨日（おととい）の吹雪（ふぶき）などなかったかのように晴れ渡った空から太陽の光が降り注ぎ、積もったばかりの粉雪を眩（まぶ）しく輝かせている。実に日曜日らしい天気だった。

（もう、なんだってこうなるの？）

理子と仲良くなる計画の第一歩は、既に崩れていた。楽しみなあまりに前夜なかなか寝付けなかったせいで、さつきは予定よりも三十分近く寝坊してしまったのだ。

待ち合わせの場所へ行くには、町のバスターミナルから出ているバスに乗らなくてはいけないが、それにも乗り遅れた。

理子に連絡をしようにも、連絡先を聞いていない。

さつきは仕方なく父の道憲に頼み込んで、車を出してもらった。道憲はのんびりとした調子で「いいよ」とキーを手にしてくれた。

「これが農繁期だったら、駄目だけどな」

一美とは違い、道憲は生まれ育った町に戻ってきて満足している様子だった。ここへ来てからというもの、二人の喧嘩はいつも一美から吹っかけるようにして始まる。一美が町や道憲の転身についてぎゃんぎゃん文句を言い募り、道憲はうんうんと適当に相槌を打って受け流して、たまに船や海の出てくるたとえ話をして、そういう態度が一美をまた激怒させる、という感じだ。

そういう両親を、さつきはあんまり見たくない。札幌にいたころはまあまあ仲良しだったのに。

（お母さんも、この町に友達ができたらいいんじゃないかなあ）

さつきは四駆のフィットの助手席で、膝に載せた重いエコバッグを両手で抱えた。

「ところでなにをして遊ぶんだ？　そんな格好でいいのか？」

運転しながら道憲が尋ねてきた。

「そんな格好って」さつきは綿のズボンとウールのセーターの上に、いつも学校に行くようなオーバーをはおっている。「なにか変？」

「いや、スキーウエア着たほうが良かったんじゃないか？」

「でも、スキーをするわけじゃないし」

「そうなのか？　でも待ち合わせ場所はスキー場なんだろう？」

「一応、ヒートテック着てきてるよ」

道北の内陸部にあるこの町は、とにかく寒い。今朝も氷点下十度を切っていた。だが、すぐに理子の家に連れていってもらえるなら、スキーウエアは大げさだろう。それより、理子を待たせていることが気になった。

(理子ちゃん、寒くないかな。ごめんね、遅れちゃって)

嫌われるのではないか、その不安がさつきを胸苦しくさせた。気ばかりが急き、フロントガラスから前方を睨むように見つめる。

「おまえの友達は、ずいぶん遠いところから通っているんだなあ」

車は沢北町を抜け、隣の名畑市に差しかかろうとしている。確かにいくらなんでも、隣町からわざわざ沢北町の小学校に通っていると考えるのは不自然だ。だが、理子がその場所を指定してきたのも事実だった。

「ところでその荷物、なんだ？」

「これ？　理子ちゃんと一緒に読もうと思って」

「マンガか」

「うん。理子ちゃんもジャンプ好きみたいなんだ。ワンピースとか」

「ジャンプ？」

道憲はそこで高らかに笑った。「さつき。そりゃあ、ジャンプ違いじゃないのか？」

「ジャンプ違いってなに？」

車は緩い坂を上っている。車窓の風景は雪と冬枯れた木々ばかりになってきた。家を出てから三十分ほど経っていた。

「まあ、行けばわかるさ。ほら、着いた」

道憲はウィンカーを出し、車をUターンさせてから停めた。

「行っておいで。遅れたことを謝るんだよ」

「うん、わかってる。お父さんありがとう」

「お、向こうに駐車場があるんだな……お父さんもちょっと降りるかな」

「え？　やだよ。ついてこないでね」

しかし青のフィットは本当に駐車場へ入っていった。理子と会うところを誰にも邪魔されたくないさつきは、道憲がこちらへ来るのを待たずにさっさと目指す相手を探し出すことにする。

さつきは近くに立っている木製の表示板を確認した。間違いない、理子の指定した場所だ。

（でも、これってなんなの？）

この中のどこに理子が待っているのだろう？

二階建てのロッジとその周辺には、既に人だかりがしていた。子どももいれば大人もたくさんいる。テレビカメラや、先にマイクをつけた長い棒を持った人も、少なくない。

横の方には運動会のときに組まれるようなイベント用のテントがあり、美味しそうな匂いが漂ってきていた。「ラーメン」や「うどん」などといったのぼりが立てられ、それ以外にも肉まんやあんまん、コーヒーやお茶などの温かいものが配られている様子だ。

「……理子ちゃん、どこだろう」

教室の中ではひときわ目を引く姿が、全然見つけられない。

さつきは戸惑っていた。

人ごみの向こうにそびえる斜面を見上げる。

高みから降りてくる細い一筋の道。そして途切れたその下に待ちうける、末広がりのゾーン。そのゾーンは威圧感とともにこちらへ迫ってくるようで、下から見るとまるで白く巨大な壁だ。壁の傾斜が終わる何メートルか上には、うっすら赤い線が引いてある。

さつきだってそれがなにかを知っていた。札幌の大通公園から真西を向くと、遠くに望むことができたものと同じだ。

（大倉山よりはちょっと小さいかもしれないけれど）

シャンツェ。

ジャンプ違いじゃないのか、と言った道憲の声がさつきの頭に響く。

エコバッグがいよいよ重い。さすがにさつきはおのれの勘違いに気づいた。

（ジャンプってマンガじゃなくて、もしかして、これ？）

——明後日の朝九時、名畑サンピラースキー場ね。

本当なら、待ち合わせ場所を聞いた時点で、ピンとくるべきだった。話しかけられたという事実に浮かれ過ぎ、加えて自分も好きな人気マンガのタイトルを耳にしたせいで、すっかり都合の良いように思いこんでしまっていた。

(でも、だとしたら理子ちゃんはどこにいるの?)

さつきは人ごみをかき分け、すらりとした背中を探す。テントの中から「肉まんあるよ」と声がかかる。驚いたことに、それらはどうやら無料らしい。

(なんなの、いったいこれは?)

「あれ、おまえ」

耳に覚えのある声がした。そちらを見ると、圭介が肉まんを手に立っている。「なにしてんだ? ていうか、その荷物なんだよ」

「理子ちゃんどこにいるか知らない? 待ち合わせてんの」

「理子?」圭介はふふんと笑った。「そっか、なるほどな」

肉まんを持たないほうの手で、圭介はシャンツェのほうを指さした。「だったら、もうちょっとあっち行ってみろよ」

「あっちにいるんだね、わかった。ありがとう」

「なあ、おまえ一人で来たの?」

「お父さんに送ってもらったけれど」

「え、ドーケン先生来てんの？　マジ？　どこ？」

圭介のテンションがいきなり高くなったので、さつきはどうしたことかと思う。ちなみにドーケン先生とは道憲のことである。さつきは道憲が沢北町の人たちからそんなふうに呼ばれていると、小耳にはさんだことがあった。漢字を音読みして『ドーケン』だ。

「どこって言われても……駐車場に車を停めてからこっちにくると思うけど」

「オッケー、サンキュー」

「お父さんのこと、知ってるの？」

最後のさつきの問いかけを圭介は無視して、人ごみの中に消えた。あの様子では知っているのだろう。確かに道憲のフルネームでグーグル検索をかけると、道憲の書いた論文や、研究者時代のインタビュー、そのときに撮影された顔写真などがいくつか出てくる。大方それを見たに違いない。なぜ圭介が道憲を検索しようと思ったのかはさっぱりわからないが。

さつきはシャンツェの平らになった下の部分とギャラリーを仕切っている緑色の網の、その手前まで行ってみた。下方部の行き止まりには、『第36回　吉村（よしむら）杯ジャンプ大会』と書かれた横長の幕が張ってあった。

今一度あたりを見回す。だが、理子はいない。

「おう、そろそろだぞ」

どこからか声がした。

『ただいまより、テストジャンプを行います。テストジャンパーは三名です。テストジャンパー一番……』

　てっぺんから選手が滑り下りてきて、着地した。ヘルメットに、上下繋がったウエアを着た格好の人が、かなりのスピードで目の前を過ぎ、幕の手前で止まった。

　ちょっとしたファンファーレのような音楽の後にアナウンスが流れる。

『七十四メーター五十』

　その人は肩を落として両膝に手をついた。

「ちょっと踏み切りのタイミングが早かったなあ」

「いい風吹いているんだけどねえ」

『テストジャンパー二番』

　それに応えるように、上の方から女の人の声がした。

　ちょうど踏み切るところあたりに、階段状の妙な形をした建物がある。さらにその横の、吹きさらしのお立ち台みたいなところで、何人かいる大人の一人が右手を下に振った。上にいる人が滑りだした。

　その人は前の人よりももっと手前で降りてしまった。手を広げてスキー板を前後に出したポーズはとったけれど、その後で少しよろけた。

『七十メーター』

「お、次だな」

「五年生でノーマルヒルか」

「テストとはいえ、さすが理子ちゃんだ」

（理子ちゃん？）

　はっとそちらを振り向くと、さつきの父親よりも少し歳がいったくらいのおじさんが二人いた。どちらも暖かそうなベンチコートを身につけていて、手にはパンフレットのようなものを持っている。二人のうちの一人、グレーの毛糸の帽子をかぶり、えびすさんのような顔をしたおじさんが、突然こちらを振り向いたさつきに「お嬢ちゃん、どうした？」とのんきに笑った。

「今、理子ちゃんのこと……」

「うん？　お嬢ちゃん、理子ちゃんの友達かい？」

友達かどうか、勝手に肯定していいものか迷ったが、ついつい頷いていた。「はい」

「じゃあほれ、次だ」

「次？」

『テストジャンパー三番。小山内理子選手。沢北町ジャンプ少年団』

（小山内理子……選手？）

「はい」

さつきは息を飲んだ。上から聞こえてきた声は、まさしく理子のものだった。

細く長い一本道の上で、道の両端に渡したバーの上に、薄いシルバーのユニフォームを着た選手が見える。

吹きさらしのお立ち台の角には、前方にプロペラをつけた吹流しのようなものがあった。それがゆっくりと回り、選手からそっぽを向いた。

その瞬間、黄色の上下を着こんだずんぐりむっくりのおじさんが、手を振り下ろした。バーに座っていた選手が、身をかがめて、前方に真っ直ぐ目を向けた体勢で、細い一本道を滑り降りてくる。

道が途切れたところで、選手はぐっと立ち上がった。

世界が一瞬無音になる。

選手は足のスキー板をスムーズにV字に開いた。それから両腕を少し広げて脇に揃える姿勢をとった。

人間は飛べやしないのに。

雲一つない青空を背負って、その人は明らかに飛んでいた。

力強く、美しく。

風に乗るように。

さつきの頬をその風がなぶる。

選手の姿が大きくなる。彼女はまだ降りない。

赤い線を越え、なお空を滑ってから、ようやく選手は着地した。優雅な着地だった。ニュースなどでたまに見るスタイルとそっくり同じ、両手を広げてスキー板を前後にずらしたポーズは、微動だにしない。

はっと気づくと、万雷(ばんらい)の拍手が起こっていた。

「こいつはすごい」

「今日の出場選手よりよっぽど飛ぶぞ」

「悠々とK点越えで、あの見事なテレマークだ」

どこかの誰かが興奮気味に喋(しゃべ)っている。

「さすがだ、テストジャンパーなのが惜しい」

「まだ小学校五年だぞ」

「いずれはオリンピックだ」

（オリンピック？）

肩からエコバッグがずりずりと落ちていく。

選手は突き当たりぎりぎりのところでしゅっと止まり、ゴーグルを上げた。

どよめきは空気を揺らした。拍手がいっそう高まる。

『九十四メーター』

それを一身に受けている人が、さつきの方を見た。

「理子ちゃん……」

そして、笑って手を振り、言ったのだった。

「さつきちゃん、一緒にジャンプやらない?」

2　飛んでみたい

「なにぼんやりしているの、さつき」

母の一美から尖（とが）った声をかけられ、我に返る。

「あ、うん。なんでもない」

「なんでもないじゃないわよ。行儀が悪いわ」

一美は眉をひそめて、視線でさつきの失態を教えた。

スプーンですくったはずのカレーのジャガイモが、テーブルクロスの上に落ちていた。

「ごめんなさい」

あわててそれをつまみ、空いたサラダの皿に入れ、布巾（ふきん）で汚れをふき取る。

「ご飯時（はんどき）に考えごとなんて、珍しいな」

父の道憲は一美とは対照的に、鷹揚（おうよう）に笑った。

「今日会った友達のことでも考えていたのか？」

さつきは頷いた。

「お父さんの言うとおり、ジャンプ違いだっただろう?」

「……うん」

「道北の町はスキージャンプで有名なところがいくつかあるからな」

一美が「そうなの」と言い、水を飲んだ。道憲は付け合わせのラッキョウを一つ口の中に放り込んだ。

「オリンピック選手を何人も輩出している町もある。たとえば長野で飛んだ……」

道憲が男のジャンプ選手の名前を数人あげると、一美は珍しく「みんな聞いたことがあるわ。すごいのね」と好意的な反応を返す。

「そういう町には昔からジャンプ少年団があって、子どものころから鍛えられているんだよ。この沢北町にもある。ここは数年前にできたばかりだけどな。コーチは永井さんだったかな、小さい頃は別の町のジャンプ少年団で飛んでいて、選手としてジャンプチームのある企業に就職した立派なジャンパーだ。引退した永井さんを、少年団のために町が招聘したんだよ。ちなみにね、札幌でも小学校の体育の授業にスキー学習があったけど、沢北小学校は三年生のときに、スキーだけじゃなくてジャンプもちょっとやらせるそうだ。校庭に雪山を作って、そこのほんの小さな盛り上がりを越えさせる程度らしいけれどね」

「つまりは、町をあげてジャンプ選手育成に取り組んでいるのね」

納得した様子の一美に頷いてから、道憲はさつきに目を向けた。

「そうだ、さつき。会場でさつきのクラスメイトに会ったぞ。門田圭介くんという子だ。あの子もジャンプをやってるって言ってたな」

「うちにも男の子がいたらやらせても良かったかしら……でも」

危ないかしらね、と一美は顔をしかめた。

「昔の映像で着地に失敗した選手を見たことがあるわ。空中でバランスを崩したのよ。あの選手、どうなったのかしら……」

そんな一美のおしゃべりはそっちのけで、さつきはカレーを急いで平らげる。

「ごちそうさま」

「あんた、早いわね」

一美の声を受け流してさつきは自分の部屋へと戻り、ベッドに寝転んで天井を見上げた。

(理子ちゃん……)

晴れ渡った青の中を美しく飛んできた姿が、今もまざまざと脳裏に浮かぶ。

(どんな気分なんだろう？)

青空を背に飛翔してきた理子の姿と周囲の歓声に、さつきはただただ呆然(ぼうぜん)とするばかりだった。

(知らなかった、理子ちゃんってすごい子だったんだ)

手を振ってくれた理子は、あの後ちょっとこっちへ来てくれそうな雰囲気だったけれど、すぐに若い男の人に呼びとめられて、離れて行ってしまった。理子はその人から飛んだばかりのジャンプについてアドバイスを受けているようだった。

「いやあ、やっぱり理子ちゃんは逸材だなあ」

友達かい？　と話しかけてきたおじさんたちに、さつきは訊かずにはおれなかった。

「ねえ、おじさん。理子ちゃんって有名人なの？」

おじさんらは顔を見合わせてから大いに笑った。

「なんだい、お嬢ちゃん。友達じゃなかったのかい？」

「そんなことないけど、ないけど……」

「ああ？　もしかしてあんた、ドーケン先生のところのお嬢ちゃんかい？」

えびす顔のおじさんのほうがそう言った。

否定する理由もないので頷きつつ、ちょっと気になったので尋ね返す。

「私、そんなにお父さんに似てる？」

道憲のどことなく類人猿的な鼻の下の長さを思い、さつきは口元を手袋の手で隠した。

「いやあ、はは。そんな似てるってわけじゃないけどさ」

女子の部のジャンプが始まったようである。おじさんたちは選手らのジャンプをあれやこれや批評しながら、さつきにも話しかけ、説明してくれた。

「おじさんがお嬢ちゃんをドーケン先生のところの娘さんだと思ったのはさ、理子ちゃんがジャンプ選手だって、ほら、知らなかったみたいだからさ」

　確かにそのとおりだ。今日この目で見て、さつきは初めて理子がスキージャンプをしていると知った。

「でも、それがどうしてお父さんと繋がるの？」

「そんなもん、あれだよ。沢北町にずっといる子なら、理子ちゃんがジャンプの選手だって知らないわけないから」

　さつきは目を丸くした。「そんなに有名なの？」

「有名もなにも、将来は世界で大活躍するってみんな言ってるさ」

「さっき、オリンピックって言ってた」

「ああ、オリンピックにだって出るかもしれんよ。このまま行けばほぼ間違いないさ。ほら、ごらんよ」

　選手たちがどんどんと滑り降りてくる。だが。

「テストジャンパーの理子ちゃんの記録を破れていないだろう？」

　そうなのだった。理子が露払いで叩きだした九十四メーターを、誰も越えられていないのだ。

「この大会は、小学生はエントリーできないんだよ。中学生から社会人までが参加している。小学生は普通、スモールヒルだからね」

「スモールヒル？」

「ジャンプ台にもいろいろ大きさがあるんだよ。スモールヒル、ミディアムヒル、ノーマルヒル、ラージヒル。これはノーマルヒルの大会」

それらはさつきにとって「一度くらいは耳にしたことがある程度の単語」でしかなかった。しかし、理子に関わることだと必死に耳を傾けた。

「理子ちゃんは、三年生の冬でもう表彰台に乗って、去年の夏からは負け知らずだ。まあ最初からおじさんはピンときていたけどね。おじさん、理子ちゃんが初めて大会に出てきたときから、ずっと見ているんだよ。少年団の練習も見に行ったことがある。中学の男の子より飛んでたよ」

なにやらストーカーめいたふうにも聞こえるセリフだったが、おじさんの口調にいやらしいものはなかった。スキージャンプファンとして、理子のデビューから今までを見守ってきていることが自慢なのだろう。

「とにかく、理子ちゃんは本当に将来が楽しみだ」

結局、大会出場選手で理子のテストジャンプを上まわる記録を出したのは、一人だった。

「参加していたら、表彰台だったなあ」

えびす顔のおじさんは、台に上がる選手たちに拍手を送りながらも、どこか残念そうにそう呟(つぶや)いた。誰のことを言っているのか、考えるまでもなかった。

(理子ちゃん、すごい。すごいけど……)

さつきの頭をいっぱいにしているのは、空中に飛び出した理子と空の青なのだった。

ヘルメットが陽光を反射して輝いていた。

すらりとした理子の肢体とV字に開いたスキー板、ただの晴れた空が、完全に理子のためにあつらえられたものに思えた。

理子が飛ぶ軌道で、目に見えないはずの風が見えた気がした。

ベッドに寝転がったまま、さつきは左手を胸の中央に当てた。

まだ、ドキドキしている。

そして、思い出す。理子がジャンプを終えたすぐ後に、手を振りながら投げかけてくれた言葉を。

——さつきちゃん、一緒にジャンプやらない？

(飛んでみたい)

空を切ってくる理子の姿に、自分を重ね合わせる。ドキドキがいっそう高まる。

(飛んでみたい、あんなふうに)

かっこよく、凛々しく、強く、きれいに。

（でもどうして）

お風呂に入ってゆっくりして髪を乾かしたあたりで、ようやくさつきの高鳴りっぱなしだった鼓動は落ち着いてきた。

落ち着くと同時に、ちょっと冷静になった頭が一つの疑問を見つけた。

（どうして理子ちゃんは、私を誘ってくれたんだろう？）

転入生で孤立していて、理子とだって特別仲良くはなかった。さつきが勝手に「背が高くてすらっとしていてかっこいいな」と思っていただけで、理子のほうがさつきに興味を持っている気配は、どんなに一生懸命記憶をさらってみても、残念ながらない。

（孤立と言えば、理子ちゃんもあんまり仲良さそうな子はいなかったけど）

しかしそれは、むしろ理子のイメージにしっくりくるものだった。超然としていて、いつも背筋が伸びていて、そこにいるだけで澱んだ空気を清涼にしてしまうような理子の雰囲気に、同じ年頃の女の子と、好きなアイドルなどを話題にきゃっきゃきゃっきゃしている図は、どうにもそぐわない。他の子たちにも、理子をあえて仲間に引き入れようとする雰囲気はなかった。ジャンプに興味がないからというより、ジャンプをそれなりに知っているからこそ、距離を置いてしまうという感じだ。父の道憲の話によれば、彼女たちは三年生のときに授業でジャンプの入り口を少し覗いている。

（話をしているのは、圭介くんくらいかなあ）

理子は理子で、さつきとはまた違った理由のさびしさを抱えているのかもしれない。

そう思うと、理子が少し近くなった気がした。

（とにかく、明日の放課後、練習場に行ってみよう）

えびすによく似たおじさんいわく、小学校から歩いて十分くらいのところに、ジャンプ台が完備されたスキー場があるのだそうだ。

「せっかくあの理子ちゃんに誘われたんだ、一度練習を見に行ってごらん。少年団の子らは放課後毎日飛んでるよ」

「そんなに近いところにあるの？」

家と学校の往復ばかりで、スキー場の存在なんて知らなかった。とりあえず確実なのは、家とは逆方向にあるということくらいだ。通学に使うバスに乗っている間も、降りて小学校まで歩く途中にも、それらしきものを目にしたことなどなかったから。

（明日は、どんなものが見られるんだろう？）

さつきはベッドの中で目をつぶった。

知らず知らずに溜めこんでいた一日の疲れがその瞬間、睡魔に姿を変え、さつきを眠りの世界へ引きずりこんだ。

月曜日、さつきは散々迷ったあげく、上下のスキーウエアを着こんで登校した。色はビビッドなオレンジだ。

（ああもう、恥ずかしい）

登校中の子たちがみんな自分を見ている気がした。

けれども、放課後に練習を見学するのだ。ということは、当たり前だがスキー場へ行かねばならない。沢北町ははっきり言ってとても寒い町だ。風邪をひいてはたまらないし、それ以前に寒さでろくすっぽ練習を見なかったら、理子だって「なにしに来たの」と嫌な気分になるだろう。

体を動かすたびに、化繊のすれる音がした。

自分と同じように防寒装備万全のウエアを身につけて登校している子はいないか——さつきは探した。低学年の子にはちらほら見かけたけれど、高学年では残念ながらいないようだった。

教室に入ってすぐにスキーウエアを脱いで、持参してきた紙袋に突っ込み、フックに掛ける。そこでようやくさつきはほっとした。

理子の登校を待っていたら、その前に圭介が来たので話しかける。

「昨日はありがとう。おかげで理子ちゃんのジャンプ見られたよ。あ、お父さんに会ったって？」

「うん、俺もドーケン先生に一度会ってみたかったからラッキーだった」

「よくお父さんのこと、わかったね。やっぱりネットとかで顔知ってたの？」

「当たり前だろ、ドーケン先生有名だからな。それより、理子がおまえのこと誘ったんだって？　ジャンプ少年団に入らないか、って」

正確にはそういう言葉ではなかったな、と思いながら、さつきは机の横に立つ圭介を見上げる。

「一緒にジャンプやらない？　って言ってくれたの」

「てことは、そういうことじゃん」

圭介はまだ登校していないさつきの前の子の席に陣取り、肘をついてまじまじと見つめてきた。

「……今日の練習、来る？」

「見に行こうと思ってる」

「そっか」

圭介がそこでちょっと顔を曇らせたので、さつきはあれ、と思う。

（どうしたんだろう、なんか嫌そう？）

「昨日でわかったと思うけどさ……」

そのとき教室の扉が開き、ざわめきが一瞬静まる。

「おはよう」

理子だった。

「おはよう、理子ちゃん」

さつきは思わず立ち上がった。理子はそんなさつきにさわやかに笑いかけた。

前の席に座っていた圭介も、椅子をがたがたいわせながら腰を上げた。そして声を低めて、

「あいつを基準に見るんじゃねーぞ」

とささやいた。

「どういうこと？」

「どういうことって、それくらいわかれよ」

圭介は自分の席に戻ってしまった。

(けち。わからないから訊いたのに)

オーバーとマフラーを教室の後ろのフックにかける理子を、さつきは眺めた。相変わらず背筋が伸びて、きりっとしている。理子がそこにいるだけで、やっぱり空気が変わる。おいそれとは近づけない『特別』な感じ。目に見えない、けれども輝かしいバリアが張り巡らされているみたいだ。

そのバリアがなんなのか、吉村杯を見るまではさっぱりだったけれど、今ならなんとなく理解できた。

シャンツェを飛ぶ理子の姿が思い出される。

(テレビに出ているアイドルが、同じクラスにいるみたいな感じなんだ)

今日の放課後が楽しみだとさつきは心躍らせた。


「さつきちゃん」

待ちに待った放課後、理子のほうから声をかけてきてくれた。

「今日の練習、見に来てくれるんだってね。圭介から聞いたよ」

「うん」さつきは勢い込んで頷いた。「だって、理子ちゃんがせっかく誘ってくれたんだもの……あのね、笑わないでくれる？」

さつきは紙袋の中からスキーウエアの上下を引っ張り出した。

「スキー場はもしかしたら寒いかな、と思って……こんなの着てきたんだ」

理子は微笑んだ。「いいじゃない、寒いの我慢するのは大変だし」

「もこもこで、恥ずかしいけど」

「どうして？　ゲレンデに行くんだからちょうどいいよ」

それでさつきはすっかり安心した。いそいそとウエアの袖に腕を通す。理子も自分のダッフルをはおった。

「じゃあ、一緒にゲレンデへ行こう」

理子のその言葉に、さつきは胸をなでおろした。

「良かったあ」

「どうして?」

「私、この町のスキー場ってどこにあるか知らなかったの」

さつきが打ち明けると、理子は少し驚いた顔をした。「ジャンプが好きって言ってなかった?」

「うん、あれね。マンガのことだと勘違いしてた。ワンピースって言ってたのも聞こえたし」

ライオンの牙(きば)のようなダッフルのトグルを留めていた理子の手が止まった。

「そうなんだ。じゃあ、昨日は迷惑だった?」

「ううん、全然。理子ちゃんのかっこいいところが見られて、マンガ読んでるより、ずっとずっと面白かった」

「そう、なら良かった」

トグルを留め終わった理子は、ランドセルを背負ってまた微笑んだ。

理子の微笑みと口調は、いつにも増して大人っぽいもので、さつきはそんな彼女の様子と彼女の背にあるランドセルに、大きなギャップを感じた。

「じゃあ行こう、さつきちゃん。案内するね」

「うん」

歩き出した理子に続いて、さつきは廊下に出た。


小学校から歩いて十分ほどで、二人は沢北町のスキー場についた。斜面の右半分がスキー用ゲレンデ、左にはシャンツェが二本あった。二本のうち左のほうのシャンツェは大きく、隣は中くらいのシャンツェだ。中腹には吉村杯で見たような階段状の建物があって、スキー場全体の中央には、ジャンプエリアとゲレンデを区切るように、ロープに牽引レバーがついたリフトが設置されていた。

「暗くなっても練習できるように、ナイター照明もあるの」

理子が指さすとおり、各所に照明塔が立っている。

スキー用ゲレンデのふもとに堅牢な木造ロッジが、シャンツェのほうには二階建ての箱のような建物があった。

理子は箱のような建物へと向かった。

「ここがジャンプ用のロッジ」

建物の入り口付近に置かれた木製スキー立てには、板が幾つも立てかけられていた。さつきはそれらをしげしげと見た。

「カービングスキーとは全然違うでしょう?」

「うん、違うね。それに長い」

「BMIルールっていって、ジャンプのスキー板は、選手の身長と体重に応じて、使える板の長さが決まるの」

「そうなんだ」

理子はさつきを連れて建物の中へと入った。入ってすぐの広いたたきにもスキー立てがあった。その中の一つを理子は示して言った。

「これが私のスキー」

銀色の板は、よく見ると表面に幾つも擦れたような傷がある。さつきはもちろん、理子の身長よりも長い。板の先よりも少し下がったあたりに、『沢北町ジャンプ少年団』の黄緑のシールが貼られてあった。

(あのときのだ)

青空を背にして飛んできたとき、理子はこれで風に乗っていた。

さつきは思わず手を伸ばしかけ、いけないと引っ込めたが、理子は「触っていいよ」と笑った。

手袋を脱いで、そっと板に触れてみる。きりりとした冷たさが指を刺した。

建物内には靴を脱いで上がるようだった。理子はまず一階の部屋に顔を出した。さつきも恐る恐る続く。

教室一つ分ほどのスペースに、既にジャンプ用のユニフォームを着こんだ少年少女――小さい子はどう見てもまだ小学校低学年だ――が数人いた。圭介の姿もあった。さらに大人が二人。一人は三十歳前後のわりとすらりとした男性で、もう一人は四十代後半のややずんぐりしたおじさんだった。

その、ずんぐりしたおじさんには見覚えがあった。

（理子がテストジャンプしたとき、お立ち台から手を振り下ろして合図した人だ）

「さつきちゃん。永井コーチと遠藤コーチ」

どうやらおじさんのほうが永井コーチで、若いほうが遠藤コーチのようだ。

「永井コーチ、この子がさつきちゃんです。今日見学したいって」

「吉村杯、見に来ていたんだってね。理子から聞いているよ」

永井コーチが丸顔の中のどんぐりまなこをにこやかに細めた。笑ったら一気に優しげな印象になったことに、さつきはこっそり安心する。

「じゃ、私は上でワンピース着てくる。マンガじゃないやつね」

さつきを一階に置き去りにして、理子は階段を駆け上がっていった。

「おまえ勘違いしてたもんな、ワンピース。ドーケン先生に聞いたよ、吉村杯のときのでかい荷物、コミックスだったんだってな」

圭介がスキー靴を片手に口を挟んできた。「ワンピースっていうのは、こいつのこと」

スキー靴を持っていない手で、圭介は自分が着こんでいるユニフォームを示す。

「ひとつなぎになっているからね」

遠藤コーチが快活な口調で言い、「さあ、準備ができたやつから行けよ」と団員たちを促した。少年少女らは嬉しげにたたきでスキー靴をはき、板を抱えて建物を出ていく。

一番最後の圭介の背を遠藤コーチが軽く叩いた。

「ほら、圭介も」

「わかってるよ」

圭介は教室内とは打って変わって、優等生らしからぬ反抗的な表情を遠藤コーチへと向けたが、それでも言われたとおりに外へ出ていった。

窓から見やると、彼らは建物正面のスペースで手早く板を履き、ストックを使わずにすいすいと雪面を漕いでリフトへと向かっていく。

遠藤コーチはというと、リフトへは行かずに斜面を慣れた足取りで上っている。どうやら目指す先は、中腹の階段状の建物のようだった。

「さつきちゃんっていったね」

ふいに永井コーチから話しかけられ、さつきは思わず身構える。

「は、はい」

「あれかい、ドーケン先生のところの?」

（またお父さんの名前が出た）

さつきは口元を気にしながら、頷いた。「そうです」

「いやあ、偉くなったもんだよなあ。みっちゃんも」

「みっちゃん？」

「おじさんは君のお父さんの二つ先輩だよ。子どものころからよく知っている」

「そうなんですか」

話を聞きつつ、道憲も永井コーチの名前を出していたことを、さつきは思い出した。

「みっちゃんはおじさんとは全然違って、評判の優等生だったからね。沢北町の町民なら、知らない人はいなかったくらいさ。さしずめ、三十年に一人のエースってところだ。おじさんは勉強のかわりに、バスに一時間乗って、別の町のジャンプ少年団で練習していた。当時は沢北町にこんな少年団はなかったからね」

永井コーチが毛糸の帽子を頭にかぶった。やっぱりどんぐりまなこを三日月みたいな形にして笑っている。

「お父さん、そんなに成績良かったんですか？」

「うん、すごかったよ。たとえば……そうだな、高校受験の話をしようか。この町は小さいだろう？　だから高校も一つしかない。しかも普通科じゃなくて商業科だけなんだ。昔からそうだった。だから、町内の高校から大学に進学する生徒はとてもまれでね。特に国立を目指すんなら、はじめから町外の高校に行かないといけない。とはいっても、家から通える名畑市内の高校に進むのがせいぜいだ。けれどもみっちゃんは中学を卒業して家を出て、下宿しながら旭川(あさひかわ)の進学校に通って、現役で北大(ほくだい)に入ったんだよ。そこまでやる子は珍しい。というか、近年じゃみっちゃんくらいしかいないんじゃないかな？　まあ、それだけ優秀だったということなんだけどね。しかも道の研究施設で小麦の新品種を作ったそうじゃないか。従来のものより雨に強くて、当たっても穂発(ほはつ)しにくいから、なかなかいいと聞いているよ」

「ホハツって？」

「収穫の近い小麦の穂に雨が当たると、芽が出てしまうことがあるんだよ。それが穂発。だから刈り取る前に急に天候が崩れると、せっかくの小麦がごっそり駄目になってしまう。君のところも昔、それで畑全部の小麦が出荷できなくなって、みっちゃんのお父さんがもう火をつけちまえ、って全部焼いたんだ。みっちゃんがまだ、中学一年生くらいのときかな」

「はあ」

「それを覚えていて、大人になってちゃんと新品種を作ったんだから、君のお父さんは大したもんだよ」

自分のお父さんの話なのに、さつきには初耳のことばかりだった。

「お父さん、全然そんなの言ったことないです。勉強しろとかも、あんまりうるさくないし。どっちかっていうと、お母さんのほうが……」

「だろうね。みっちゃんは、俺は成績抜群だったんだぞ、なんて自分から言うタイプじゃない。まあ、家に帰ったらよろしく伝えておいてくれるかい？」

さつきは「はい」と返事をして、理子が上がっていった階段を見やった。

（まだかな）

「理子ならそろそろだろう」

永井コーチがさつきの心の内を見透かしたように言った。「理子が来たらおじさんもここを出るけど、君はどうする？」

「ええと、一応練習を見学に来たので、どこかでそれを見たいかな、と思っています」

「じゃあ一緒に来るといい。せっかくなら、近くで見たほうが面白いだろう。君は……」

そこで永井コーチはさつきのいでたちを確認して、笑みを深めた。「きちんとスキー場にふさわしい格好をしてきているしね。もしどうしても寒くなったら、ここへ戻りなさい」

「はい」

「ランドセルはそこの棚のあたりに置くといいよ」

永井コーチが示したあたりを見ると、ランドセルや学生鞄、スポーツバッグが並べて置かれていた。さつきはランドセルを背から下ろし、それらの一番隅に置いた。

ちょうど理子が二階から下りてきて、部屋を覗いた。

「わあ」

さつきは思わず声をあげた。理子は吉村杯のときと同じくシルバーのスキージャンプ用ユニフォーム——ワンピースを着ていた。頭にはヘルメットをかぶり、ゴーグルをその上にひっかけている。

間近で見た理子のワンピース姿は、彼女のすらりとした凛々しさをいっそう引き立たせていた。

「かっこいい」

心のままに呟くと、理子はちょっと笑った。

「じゃあ私、飛びに行くね」

「私も行く。永井コーチが近くで見せてくれるって」

「ジャッジタワーの上に連れて行こうと思うんだ」永井コーチが口を挟んだ。「ついでだしね」

たたきで理子はスキー靴に足を入れ、軽々とスキー板を肩に担いだ。そうして外へ出て、他の子がしていたのと同じように、スキー板を履いた。

スキー場にはいつの間にか照明が灯っていた。ゲレンデのほうのロッジ近くに立っている時計を見ると、午後四時になろうかという時分だった。

「ねえ、ジャッジタワーって？」

さつきの問いに、理子がシャンツェ中腹にある階段状の建物を指差す。

「あれのこと」

確かにタワーの上には既に人影があった。大人が二人いるようだ。そのうちの一人は遠藤コーチだと思われた。

「屋上は、コーチングボックスを兼ねているの」

遠藤コーチと思しき人が、シャンツェの上に向かって手を振り下ろし、声をかけた。誰かが滑り降りてくる。

（ということは、コーチングボックスっていうのは、吉村杯で見たあのお立ち台のことかな？）

「じゃあね、さつきちゃん」

理子はゴーグルを下げると、軽く手をあげ、リフトのほうへ滑っていった。

（他の子もそうだったけど、ストックないのにすごいなあ）

「おじさんとさつきちゃんは、歩いてあそこまで登るよ」

永井コーチが言う。

「はい」

ジャッジタワーまでは、遠藤コーチたちが先につけたらしい足跡が残っていた。永井コーチがその道筋のとおりに進んでいく後を、さつきはひたすらついていった。

「練習のジャンプ台は四つあるんだよ」

歩きながら永井コーチが説明してくれる。

「一番大きいのはあの左端。ヒルサイズは約六十五メートル。ミディアムヒルの大きさだね。ミディアムヒルは、中学校の大会で使われる。ヒルサイズが五十メートルから八十四メートルの間のものを言うんだ。で、その隣が四十メートルの台。スモールヒルだ。小学生の大会で飛ぶ大きさだよ」

「じゃあ、理子ちゃんはそれを今から練習するの？」

永井コーチは「いやいや」と首を振った。

「理子はもうスモールヒルは卒業だね。一番大きい台で練習している。小学生でもそういう子は数人いるよ。理子以外は男子だけれど」

「圭介くんとか？」

「圭介？　ああ、そうだね」

それから永井コーチは、ジャッジタワーよりもリフト側にある斜面に人差し指を向けた。

小学校低学年らしい小さな子たちが、かわいいワンピースを着て滑っている。

「こっちにあるのは二十六メートルと八メートルの台。始めて間もない子はリフトを使わないで、こっちで練習をするんだ」

確かにそれらの台はジャッジタワーよりも下に位置していて、リフトを使う必要もなさそうだった。

（ていうか、子どもがいなければわからないくらい、ちっちゃいジャンプ台。来るときはわかんなかった。ジャンプっていうより、コブを越えている、って感じ）

十分もかからず、さつきと永井コーチはジャッジタワーに着いた。永井コーチは建物内には入らず、山側に回った。そこには屋上に続く外階段があった。

「ちょっと雪が積もっているから、気をつけて」

確かに階段は踏み固められた雪で覆われていて、うっかり滑ると簡単に踊り場まで落ちてしまいそうだった。さつきは手すりをつかみながら慎重に上ったが、永井コーチは慣れたもので、さっさと屋上に行き着いてしまった。

途中の踊り場には、内部に入るドアがあった。さつきはなんとなく中を覗いた。中は暗くて、誰もいる気配がなかった。

シャンツェの上のほうから、「はい」という声が聞こえた。男の子の声だった。さつきはいったん止めた足を再び動かし、気をつけながらも急いで屋上へと上った。

自分の脚が雪を踏む音にまぎれて、耳になじみのない音が聞こえた。いや、正確には吉村杯の日にもっとずっと小さな音で聞いたかもしれない。けれども、間近で耳にするのは初めてだ。

（これ、なに？）

「ちょっと空中姿勢、前傾しすぎだ。気をつけろ」

遠藤コーチの大声がスキー場に響き渡る。

大人の胸くらいまでの高さがある屋上の囲いから、シャンツェへ身を乗り出すようにした永井コーチがいた。その隣に駆けよる。

「次、理子が飛ぶよ」

「本当？」

さつきは背伸びをし、永井コーチに負けないくらいに囲いから上半身を出して、ジャンプ台の上を見やった。

滑り降りる道筋のずっと上に渡された一本の金属板に、シルバーのワンピースに身を包んだ子がいた。

（理子ちゃん）

「はい」

ナイターのジャンプ台に、その声は凜と響き渡った。

永井コーチが右手を上げ、振り下ろす。

理子はためらうことなく金属板から腰を上げ、滑り出した。膝を曲げ、身を低くかがめて。

音が近づいてくる。しゃりしゃりとざーっが混じった、スキー板が勢いよく斜面を削り降りてくる音。

それはあっという間に大きくなり、ふいに途切れ、理子が宙へ飛ぶと同時に、別の音にとってかわった。

ごおうっ。

なにかが猛々(たけだけ)しく唸(うな)るような、竜巻が吹きすさぶような。

冷たい風を裂くような。

(ううん、違う)

風を裂くだけではない。

(乗っている)

理子は風を切り裂きながら、同時にその上に乗り、滑っているのだ。

低くかがめていた体を一瞬で伸ばし、しっかりとスキー板をV字に開き、アキレス腱(けん)を伸ばして、板と体全体で見えないなにかを受け止めるようにして。

両腕は体の横に、両手は軽く開いて。

音を残して、理子はあっという間にさっきの眼前を飛び去っていく。

どんどん斜面が近づいているのに、降りそうで降りない。

他の子のスキー跡を越えて、理子は飛行を続ける。

ようやく、ぱん、という音が聞こえ、わずかに雪煙が上がり、理子は両腕を水平に開き、スキー板を前後にずらしたきれいな格好で接地した。

ナイスジャンプだと永井コーチや遠藤コーチが褒めている。

けれども、さつきはまだ鼓膜の奥に残る音に耳を澄ましていた。いまだかつて、あんな音は聞いたことがなかった。

(叫んでいたみたいだった)

理子を乗せる風が。

(もっと、もっと飛べ、って)

さつきは囲いの上を強く握りしめた。なにかをつかんでいなければ、なんだかその場に膝をついてしまいそうだった。

「……だろう？」

顔を向けると、永井コーチが笑っていた。

「え？」

遠藤コーチの合図で、次の子が台を滑り降りてくる。

踏み切って宙に飛び出すと同時に、風がまた叫ぶ。

「あれ、いい音だろう？」

苦しさを覚えるほどに、さつきの心臓はドキドキと鳴っていた。

「はい」

さつきはようやくそれだけを、永井コーチに答えた。コーチは心の底から嬉しそうに笑っていた。

「しゃがんで滑り降りてくるところを、アプローチって呼ぶんだ。インランともいうね」

永井コーチは指さしながらさつきにシャンツェの構造を教えてくれた。「踏み切って飛び出すところをカンテ、着地する坂はランディングバーン。下の平らなところはブレーキングトラックだ」

「吉村杯のときは、ランディングバーンの途中に線が引いてあった気がします」

さつきが言うと、永井コーチは頷いた。「それはK点だね。聞いたことあるだろう?」

「なんとなく」

「ジャンプの得点は、K点からどれだけ離れているかで計算するんだよ。K点のラインちょうどのところで降りたら六十点。K点より一メートル余計に飛んだらプラス何点、逆に届かなかったらマイナス、というようにね。その飛距離点と、空中姿勢や着地の美しさを見る飛型(ひけい)点が加算されて、順位が決まるんだ」

「そうなんですか」

また理子の番が来た。さつきの目の前で、彼女は楽々と風に乗り、悠々と空を切って、ものすごく下で降りる。さつきが手袋をはめた手で拍手してから高く上げた両腕を振り回すと、理子はそれに気づいたのか、軽く手を振り返してくれた。

理子の次は圭介だった。上の方で「お願いします」と発せられた声でわかった。

彼も風の中を飛んだ。

けれども、理子より遠くには飛べなかった。

（へえ）

さつきは朝の圭介の言葉を思い出す。

——あいつを基準に見るんじゃねーぞ。

次の選手も男の子だった。声変わりを終えていて体も大きく、中学生っぽく見えた。

彼も、理子が降りたところより手前で、接地してしまった。

（あれ、もしかして）

さつきは気づいた。

（理子ちゃんより遠くに飛んだ子、今までいないみたい）

さつきは、意識して少年団の選手たちが降りるポイントをチェックしだした。理子を含めて一番大きな台を使用している選手は九人いた。その中で、女子は理子ともう一人。もう一人の女子は、小学生ではないようだった。七人の男子選手も、小学校高学年から中学校以上の選手たちが飛んでいるみたいだ。中には明らかに理子より体格のいい男の子だっていた。

でも、やっぱり理子が一番なのだ。それも、結構差をつけている。一、二メートル程度の差ではない。素人のさつきですらだいぶ違うとわかる距離だ。

「あの、コーチ」

隣の永井コーチの様子を窺いつつ、さつきは話しかけた。

「なんだい？」

「ジャンプって、女の子のほうが飛べるの？」

永井コーチは「まさか」と笑った。

「同じ条件なら、普通は男子選手のほうが飛ぶよ。大会で飛距離が大して変わらなくても、それはスタートゲートの位置を調節しているからなんだ」

「スタートゲート？」

「ほら、アプローチの上に棒みたいなのが渡してあるだろう？　これからジャンプする選手が座るところ。あれはね、出場選手の実力やその日の天候条件などで調節するんだ。飛距離が出なくても、逆に飛び過ぎちゃったりしても危ないからね。もちろん、男子と女子でも変える。女子のほうが、アプローチの距離を長く設定するんだ。助走が長いとスピードがつくから、もちろん飛距離も伸びる」

さつきはまた身を乗り出して、スタートゲートを見た。「今は誰が調節しているんですか？　理子ちゃん、男の子と混じって飛んでいるけれど」

「今は練習だから、ゲートは変えていないよ」

「えっ、じゃあ理子ちゃんは」

そう言えば吉村杯のときも、見知らぬおじさんたちが「中学生の男の子よりも飛ぶ」と言っていたのだった。

「じゃあ……理子ちゃんは年上の男の子よりもやっぱりすごいの？」

「まあ、そうだね」

「そうなんだ……理子ちゃん本当にすごいんだ……中学の男の子を蹴散らしちゃうくらいに」

少し風が吹いて、永井コーチが毛糸の帽子を軽く手で押さえる。

「あれでもまだ、完璧じゃない。十分飛べているけれど、空中姿勢はちょっとだけクラシカルな感じで、改善の余地があるよ。余地があるというのは、まだ伸びるということだ。先のことは誰にもわからないけれど、理子はね」

にこやかに笑っていた永井コーチの顔が、そのとき急に、きちんと整えられたトランプみたいに真面目になった。

「理子は、このまま伸びれば、オリンピックに手が届くかもしれない子だよ」

オリンピック。

この言葉は、吉村杯のときも聞いた。そこらのおじさんが理子の将来について勝手気ままに語っていたときだ。びっくりした。

でも、さつきは今のほうがびっくりしていた。

コーチという専門家が、オリンピックと言った。真剣な顔つきになって。

このまま伸びれば、届くかもしれない。

断定的ではないところが、反対に「嘘を言っていないんだ」ということをさつきに教えた。

圭介が飛んだ。やっぱり理子の距離には及ばない。

「姿勢はいいぞ、踏み切りもうちょっと早くしてみろ」

遠藤コーチの言葉に、圭介は悔しそうに太股(ふともも)を叩いた。それから圭介は登っていくリフトへと顔を向けた。

さつきは圭介の視線の先を見た。理子がいた。

「でもね」

永井コーチが腕を組んだ。「今、すごいからといって、明日すごいとも限らないんだ」

しばらくそうして理子らのジャンプを見ていた永井コーチが、さつきに声をかけた。

「君も飛んでみるかい？」

「え、私が？」

「普通のスキーはできるだろう？　札幌から来たんだよね」

（そりゃあ、滑れるけど）

さつきは理子たちが飛ぶシャンツェを見やり、ちょっとだけふるりと震えた。

（あんなところ、直滑降するの無理）

そんなさつきの様子に、永井コーチは笑った。「もちろん、あそこじゃないよ。いきなり大きな台は無理だよ。そんなことをさせたら、おじさん、みっちゃんに殺されてしまうよ」

「お父さんは人殺しなんてしないと思うけど」

「飛んでみるのは、あっちだよ」

永井コーチは大きな台とは逆側にある、一番小さな台を指さした。ジャッジタワーに来る途中に見た台だ。傍らには大人が一人いて、隣の二番目に小さな台を飛ぶ子たちと両方をコーチしていた。

「あれならできるんじゃないかい？」

「うん、あれくらいなら……」

（私よりもずっとちびっこがやっているんだし）

「……やってみてもいいかな」

と言うと、永井コーチは嬉しそうに軽くさつきの肩を叩いた。「じゃあ、いったんロッジへ戻ろう」

ロッジへ戻ると、永井コーチはさつきに足のサイズを尋ねてきた。

「二十二センチです」

「じゃあ、これ履いてみてごらん」

永井コーチはロッジ入り口に置いてあるシューズを、一組さつきに差し出した。

「誰のですか？　借りていいの？」

「いいよ、それは少年団のものだから」

ときどき体験に来る人のために貸し出すものなのだと、永井コーチは教えてくれた。

さつきは入り口の上がりかまちに腰を下ろして、自分の冬靴を脱ぎ、スキー靴に足を入れた。スキー靴は、前の学校で一月に行われたスキー学習以来、履いていない。久方ぶりの靴の感触は、やっぱりごつごつと固く、さつきは自分がアニメの戦闘ロボットになった気がした。

「板はこれを使いなさい」

スキー板は理子が履いていたものとは違うようだった。理子の板は身長よりも長かったが、さつきにあてがわれたのは、ごく普通のカービングスキーに見えた。

「いきなりジャンプ用の板は難しいからね。これなら慣れているだろう？」

確かにそのとおりである。さつきは頷いた。

「それからこれ」

ヘルメットだった。

「じゃあ、スキーを履いておいで」

さつきはロッジの前で靴を板に固定した。それから永井コーチが手招くまま、斜面を登る。最初さつきは、スキーを斜面に対して横にする階段登行をしていたが、先を歩いていく永井コーチは驚くほど速い。さつきは登り方を変えた。

（ストックが欲しいな）

スキー板の前を開き、逆ハの字のようにして、雪を踏みしめるように一歩一歩コーチに続いていたさつきの背に、声が投げかけられた。

「飛んでみるの？」

振り向くと理子だった。ゴーグルを上げていて、涼しげな目がそのまま見える。

「うん、コーチがやってみないかって」

「いいね」

理子はリフトの方へは行かず、斜面を登るさつきの後についてきた。

「理子ちゃんはもう、と、飛ばないの？」

「飛ぶよ。でも、ちょっと一休み」

いつも凜々しい理子の表情に、ちらりと、いたずらっぽさがよぎった。

二人の横を、飛び終わった子どもが滑り降りていく。身長はさつきの胸くらいまでしかなさそうだ。

「今の子は二年生だよ」

教えてくれた理子に、少し足がだるくなってきたさつきが応じる。「そうなんだ、ちっちゃかったもんね。かわいい」

「私がジャンプ始めたときも、あれくらいだったかな」

「理子ちゃんも、最初は、この小さな台から始めたの?」

「もちろん」

一番大きな台で、男の子たちよりも遠くへ颯爽と飛ぶ理子に、そんなときがあったとは、なかなか想像しづらかった。

「最初からいっぱい飛べたの?」

理子はくすっと笑った。「どうだったかな?」

「覚えてないの?」

小さな踏み切り台のそばにいる大人に、永井コーチが話しかけている。「一人、体験の子を飛ばせたいんだが」

「はい、わかりました」

その人がさつきのほうを見た。少し遠かったが、微笑みかけてくれているのはわかった。

それからその人は理子に「あれ、理子ちゃんもこれ飛ぶの?」と冗談めいた口調で言った。

「いえ、見るだけです」

「理子が連れてきた子なんだよ」

永井コーチがフォローする。「理子が見込んだんだから、有望だよ」

「理子ちゃんが。そりゃあ見ものですね、永井さん」

大人二人の会話に、さつきはややドキドキした。

(上手く飛ばなきゃ駄目かな?)

「ねえ、早く登ってよ」

さっき滑り降りてきた子が、もう追いついてきている。ゴーグルの中で眼鏡をかけているその子は、さつきと目が合うと無邪気に笑った。

一生懸命足を動かし、ようやく台の上まで辿りついた。さつきを急かした小さな子には、結局追い越されてしまい、その子がもう一度飛んでいくのを、さつきはちょっと離れたところから眺めた。

「じゃあ、次さつきちゃん、行ってみようか」

永井コーチに手招かれるまま、さつきはスタート地点に立つ。

（えっ）

とたんに、身がすくんだ。下からや、横から眺めていたよりもずっと、斜面は急に感じられる。理子が飛んでいた台に比べればおもちゃみたいなカンテも、上からまっすぐ見下ろせば明らかに異物だった。

（あの、でっぱりのせいで、下が隠れちゃってる。全部見えない）

全部見えないというのは、思いがけないほどの恐怖を呼んだ。ただの直滑降ならまだ耐えられたかもしれない、たとえ急斜面であっても。

（やだ、どうしよう）

さつきの心臓は激しく鼓動し、胸が押しつぶされたように浅い息しか吸えない。

（こわい）

動き出せない。

（こわい、こわい）

そのとき、カンテから緩い向かい風が吹きあげてきて、ヘルメットから出ているさつきの前髪をさらりと撫(な)でた。

――来い。

「えっ？」

なにかの声を聞いた気がした。細かな氷の粒が額に当たる。

──飛んで来い。

ふいに、背を押された。

「きゃっ」

さつきは小さな悲鳴をあげたが、スキーはもうアプローチを滑り出している。どんどん加速する。顔にぶつかる冷気。そして圧力。息ができない。

カンテに乗り上げる。

──飛べ。

大きな力がさつきの体を抱きしめて持ちあげ、スキー板の下にもぐりこんだ刹那、さつきの視界はほんのひとときだけ真っ白になった。

「初めてにしては上出来だよ」

ランディングで後方に尻もちをつき、お尻をつけたまままずるずると下ってようやく止まったところに、永井コーチと理子がやってきた。

「どこか痛いかい？」

尋ねる永井コーチに、さつきはゆるゆると首を横に振る。

スタートのところで感じたものとは違う高鳴りが、さつきの中で跳ねまわっていた。心配げに覗きこむ永井コーチに、どうそれを説明しようかと考え、できそうにないことをすぐに悟る。

落ち着けと自分に言い聞かせ、胸を手で押さえて息を吐きだす。

そこに、手袋をはめた右手が差し出された。理子の手だった。

「立てる？」

「……うん」

頷いて立ち上がる。目が合うと、理子はにこっとした。「さつきちゃん、どうだった？」

「え……どう、って……」

「楽しかった？」

楽しかったか。

突然さつきの頭の中に、この数分間に起こった様々なことがわき上がり、渦巻いて、それらが溢（あふ）れてしまいそうになり、軽くパニックになった。緊張、恐怖、背を押された驚き、カンテへ向かって疾走する自分。

それから。

吹き上げる風の声。

飛べ、そう言った。

ほんのひとときだけだったはずなのに、そのひとときがあまりに鮮烈に心に残っている。

（私、飛んだんだ）

一瞬世界が真っ白になった後は、なにも見えなくて聞こえなかった。雪と風の音以外は。

(飛んだ)

あの、不思議な感じ。スキーの下にはなにもないのに、浮かんでいる。どきどきしていた鼓動は、飛んでいるときだけ、ひどくゆっくり打った気がする。なぜ浮かぶのか、なぜ飛べるのか、さっぱりわからない。けれども、自分を包んだ風が助けてくれていることだけは、はっきりとわかった。

永遠のような一瞬に感じたすべてを、言葉を使って表すことは、さつきにはできない。でも、もう一度理子の笑顔を見て、さつきは自分でも知らぬまま、思いっきり首を縦に振ったのだった。

「……楽しかった」

(自分が違うなにかになったみたいで)

「楽しかった、理子ちゃん」

(飛ぶってあんな感じなんだって、知らなくて)

「楽しかった、私飛べたよね、飛べてたよね理子ちゃん」

(あのまま飛んでいられたら、どんなに)

理子は力強く頷いた。「飛べていたよ、さつきちゃん」

それから理子は、よかった、と自分の胸に手をやった。

それを見て、さつきは思い当たった。

「ねえ、理子ちゃん。もしかしてスタートのときに背中を押したのって」

「ごめんね」理子は両手を口の前あたりで合わせた。「私が押したの」

自分の練習を中断して、一緒に斜面を登ってきたときのいたずらっぽい笑顔を思い出す。

「ううん、いいよ。押されてなかったら、滑れなかったかもしれないし」

「やっぱり、ちょっと怖かった？」

さつきは正直に頷く。

「うん……なんか想像していたよりもずっと怖くて」答えつつ、さつきはふと理子の言い回しに気づく。「やっぱり、って？　みんなそうなの？」

「私も最初は怖かった」

理子は隠さなかった。「同じように、スタートのところで動けずにいたら、永井コーチが背中を押したの」

「そうだったんだ」

強引ともいえそうな理子のやり方だったが、しかし腹は立たなかった。それよりもさつきは、初めて宙に浮いたときの永遠とも思えるほんの一瞬が、体中を満たして、まだどきどきしていた。

「もう一回、飛んでみるかい？」

優しく尋ねた永井コーチに、さつきは一も二もなく頷いていた。

「飛びます、もう一回やってみます」

理子が心底嬉しそうに笑った。

結局さつきは、体験と言いつつも、一番小さな台を八回飛んだ。

二度目からは誰の後押しも必要としなかった。それなりに長く飛べたときもあれば、すぐに降りてしまうこともあったけれど、飛ぶたびにさつきは、今まで味わったことのない、大きな力に抱かれながら、違う世界の端っこを垣間見るような、不思議な感覚にとらわれた。

その感覚はさつきを激しく魅了した。

そして、下方から吹き上げてくる風。

(声が聞こえた気がしたんだ)

スキー板など、借りたもの一式を返すとき、さつきの心は決まっていた。

「私も、入団したいと思います」

永井コーチは「一晩、ゆっくり考えて、お父さんとお母さんにも相談して、それでも入りたかったら、もう一度来なさい」と、柔らかに諭した。

コーチの言葉に素直に頷きながら、さつきは自分の意思は変わらないだろうと確信していた。

（あんな世界があるなんて知らなかった）

さつきは胸に手を当てた。思い返すたびにドキドキがよみがえる。

「楽しんでくれて、よかった」

午後七時前に練習を終え、帰途を共にした理子に、誘ってくれてありがとう、とお礼を言ったら、そう返された。

「入る？」

理子は入団のことを、そんなふうに短い言葉で訊いてきた。さつきは力強く頷いた。

「入る」

（まだドキドキしてる）

さつきはナイター照明がついたゲレンデを一度振り返った。オレンジ系のライトに照らされた斜面は、冬の夜の白黒の世界の中で、魔法がかけられたエリアみたいに、そこだけ浮きたって見えた。

（一番小さな台で、こんなにドキドキするのに）

理子が飛んでいるような大きな台から飛んだら、いったいどんな感じなんだろう？

理子は大人びた笑みの唇で、もう一度「よかった」と呟いた。

小学校の校舎が近づいてくる。職員室だけに明かりが灯っている。ハルニレの巨木が黒い影になって、風に裸の枝を揺らしている。

「ねえ、理子ちゃん」

さつきは思い切って尋ねた。

「どうして私を誘ってくれたの？」

「ああ」

理子はさつきをちらりと見やり、それからハルニレに視線を移してからうつむきがちに微笑した。

「さつきちゃん、文句を言っていたから」

「え、なにに？」

思い当たる節がなかった。

（理子ちゃんになにか言ったっけ？）

戸惑いを察知したのだろう、理子はすぐさま「私にじゃなくてね」とまっすぐ前を向いた。

「向かい風なんて、大っきらい――そう言っていたでしょう？　ハルニレのところで」

「あ」

そういえば、そんな独り言を口にしたかもしれない。さつきは認めた。「うん、言った気がする」

「さつきちゃん、ジャンプってね」

　理子はあのときのさつきがしたように、雪玉を丸めて、ハルニレの幹に優しく投げた。

「追い風より、ちょうどいい向かい風のほうが、良い記録が出るの」

「えっ」

「飛行機もそう。飛ぶときは向かい風に向かって滑走する……これはが言っていたんだけどね」

　もう一度丸めた雪玉を、今度は幹にぶつけずに、理子は祈るようにそれを口元に押し当てた。

「私はね、スタートゲートにいるとき、いつも待ってる。いつも来いって思ってる」

　ちょうどいい向かい風を、向かい風が自分を呼ぶのを――。唇の先の雪玉をゆっくりとかすように、理子は言った。

「向かい風は、大きく飛ぶためのチャンスなんだよ」

3　味方になってください

『ゼッケンナンバー1　室井さつき選手　沢北町ジャンプ少年団』

「はいっ」

淡いオリーブ色のワンピースを着た少女が、スタートゲートから勢いよく飛び出していく。

体を卵のように丸め、しっかりと前を見据え、ぐんぐんスピードを上げた状態でカンテから飛び出す。彼女はカンテのラインと連動するように、自然に体を伸ばし、空中できれいなV字のフォームを取った。アキレス腱も伸びている。

飛び出してから、バン、と接地するまでの音の間隔で、理子はさつきの記録が悪いものではないことを悟った。

『二十メーター』

人工芝のランディングバーンで、さつきが両腕を上げて喜んでいるのを、理子は選手が待機するアプローチ横から眺め下ろしていた。自分なりに会心のジャンプだったのだろう。

（いきなり二十メートルに届いたんだ）

七月。サマージャンプ大会の初戦、さつきにとっては生まれて初めての公式大会だ。こちらを見て、さつきが大きく手を振る。そんなさつきに、係員がなにか言った。どうやら早くバーンから出るよう注意された様子だ。

「あの子、見たことないよね」

「冬はいなかったよね」

「ねえ、あの子六年生？」

理子がいる場所より上の方で、そんな会話が聞こえた。理子のスタートはエントリー二十五人の選手の中で最後だ。だから、下の方で待っている。

ヘルメットを取った頭を、少女たちの声が聞こえてきた方へと向ける。「あの子六年生？」と問いかけられたのは、沢北町ジャンプ少年団の四年生の子で、尋ねてきたのは小樽市のジャンプ少年団の子たちだった。四年生の子は、明るくそれに返事をする。

「そうだよ。さつきさんは六年生。理子さんと同じ」

「いつ入団したの？」

「去年の十二月だったかなあ」

「えー、半年とちょっとしか経っていないのに、もうあんなに飛べちゃうの？　いくら六年生でも……」

（そう、たった七ヵ月。でもさつきは飛べる）

スキー板を担いで、ランディングバーン横の階段を上ってくるさつきを、カンテの横でハンディカムを回している遠藤コーチが呼びとめる。

「さつき。踏み切りと空中姿勢、すごく良かったぞ。二回目もこの調子で行け」

「はい」

「あと、次のジャンプまでちゃんとメット取って、ワンピースも上を脱いでおけ。暑いからな」

「あ、すいません」

ヘルメットを取ると、後ろで一つに結んだ髪の毛が現れる。転校してきた当初より、結構伸びた。背も少し高くなったようだ。けれど、ワンピースの上をはだけてTシャツ姿になった上半身は、ほっそりとほどよく痩せていて無駄な脂肪はない。

「理子！」

肩の上のスキー板とスキーシューズをものともせず、さつきは勢いよく階段を駆け上がり、すぐに理子のそばに来た。

「二十メーター」

理子はすぐ下の段に腰を下ろしたさつきに、先ほどのアナウンスを口真似（くちまね）してやった。

「どう？　初めての大会、緊張した？」

「したよ！　スタートするまではもう心臓爆発するかと思った！」

　それからさつきは、理子の耳元に口を寄せた。「ねえ、理子から見てどうだった？　遠藤コーチは褒めてくれたけど……」

　あんなに堂々と飛んでみせたくせに、急に心配そうな口調になったさつきに、理子は思わず笑ってしまう。

「良かったよ。助走も踏み切りもきちんとしてた」

「ほんと？　ああ、ほっとしたあ」

「遠藤コーチだってそう言っていたでしょ？」

　すると、さつきは雲一つない初夏の空を仰いで頰を緩めた。「でも、理子に良かったって言われるのが、一番嬉しい」

　アナウンスに促され、スタートゲートから選手が一人また一人と滑り出す。でもまだ二十メートルを越えた子はいない。さつきがトップを守っている。

『十八メーター』

　理子は去年の自分のベストを思い出す。スモールヒルと一言で言っても、施設によってヒルサイズにはばらつきがあり、このシャンツェは飛ぶ選手でもなかなか二十メートルは越えない。でも自分はここで三度、二十五メーター五十を飛んだはずだ。

（だけど、最初の大会は）

サマージャンプ大会に初出場したのは、小学校三年生のときだ。さつきと同じく、競技を始めて半年とちょっとだった。

(記録は十五メートル)

小学校三年生の体格と六年生の体格では、記録を比べる意味はあまりないけれど、入団以来さつきをずっと見てきた理子は、彼女の伸びに驚異的なものを感じることもたびたびなのだった。

(私が始めたころも、さつきみたいに飛ぶたび上手くなっていたのかな)

自分の番がどんどん近づいてくる。理子はヘルメットをかぶり、ワンピースのジッパーを上げた。スタート順はポイントで決まる。大会に出て、勝てば勝つほどポイントが加算され、そのポイントの少ない選手から飛んでいく。理子が最後なのは、昨シーズンまでのポイントがトップだからで、逆にさつきはポイントがないから最初に飛んだ。

『二十五番　小山内理子選手　沢北町ジャンプ少年団』

「はい」

スタートゲートの中央に座り、アプローチのわだちにスキー板を入れる。サマージャンプで使われるアプローチのレールはセラミック製で、いつもちろちろと水が流れている。

理子はカンテのところに立てられている風向計を見る。緩い向かい風が夏の匂いを引き連れて、アプローチを上ってくる。

審判がスタートの合図を出し、続いて遠藤コーチが手を振り下ろした。

理子はスタートゲートをつかんでいた両手で、自らの体をアプローチへと押し出した。

膝を曲げて上体を低くかがめて、両腕を体の横につけて、できるだけ空気抵抗の少ない体勢を取って。

スモールヒルの短いアプローチなんて、すぐに終わってしまう。その間で、どれだけスピードを出せるか。

カンテからは、アプローチ姿勢で膝が向いている角度に飛び出すのが理想だ。なにより腰を上げて立ち上がるタイミング。ジャンプは踏み切りでほとんどすべてが決まってしまう。

すぐにスキーの先を広げて、その間に自分の体を置く。スキー板と体をいっぱいに使って、押しよせる空気を受け止める。

そうして、自分のすべてを駆使して、風に乗る。

ランディングバーンの先で止まり、スキーをはずす。

『二十六メーター』

ヘルメットごしでもどよめきが聞こえる。

「さすがは理子ちゃんだ」

「スモールヒルなのがもったいないな」

「小学生の公式大会はスモールヒルって決まっているからねえ」

「オリンピックの大舞台で、理子ちゃんを見たいね」

理子はほっと息をつきつつ、ヘルメットをはずし、スキーを肩に担いだ。


オリンピック。

(いつ頃からだろう)

理子はふと考える。気づけば当たり前のようにそんな言葉を聞かされていた。

(最初は、誰か仲良しが欲しくて、入団したんだった……そう、小学校二年生の冬の初めに)

斜面に怖気(おじけ)づいているところを永井コーチに背を押され、初めて八メートルの台をジャンプした。たったその一回で、魅せられた。宙に浮いているときは、違う世界にいるみたいだった。純粋に飛ぶのを楽しいと思った。その上どうやら自分は上手らしい。褒められるからもっと楽しくなった。

(でも、今はそれだけじゃない)

結果を出すごとに、周囲はハードルを上げてくる。理子ちゃんならこれくらいできるんじゃないか、できるはずだ、理子ちゃんなら。

ぬきんでた才能。普通の子じゃない。十年に一人、いやそれ以上。

――天才。

投げかけられるそんな言葉が身を覆い、それがクラスメイトと自分を隔(へだ)てた。ジャンプをやらない子はもちろん、少年団の中でも、屈託(くったく)なく話しかけてくるのは圭介くらいになってしまった。友達が欲しかったはずなのに、理子は飛ぶたび、一人になっていった。

仕方がない――理子は静かに孤独を受け入れ、それを紛らわすかのように、ますますジャンプに没頭した。飛ぶことは好きだから、構わないとも思った。

そんなとき、さつきが現れたのだ。雪の朝、向かい風に腹を立てていたさつき。ハルニレの木に雪玉をぶつけてぼやいていた転校生。沢北町内の誰もが一目置く理子の評判なんて、全然知らないみたいだった。

この子に自分が飛んでいるところを見てほしい。私のことを知らないまっさらな子がなんて思うか知りたい。

そして、この子となら、もしかしたら――。

もしかしたら――友達に。

さつきは理子がどんなに称(たた)えられようが、臆することはない。自分自身の手柄のように喜んでくれる。純粋にすごいと言ってくれる。それをとても理子は嬉しく思う。

同時に、責任も感じる。

(ちゃんときれいに遠くまで、私は飛ばなきゃいけない。失敗しちゃいけない。がっかりさせちゃいけない)

最悪のイメージを必死に振り払って、理子はスタートゲートに座る。

(いつか必ず、オリンピック選手にならなきゃいけない)

そうして、自分を信じ、自分を鼓舞して、きちんと結果を出し続けてきたことに、理子は誇りを持っている。

頑張っているね、と言われれば、謙遜せず頷けるほどに、理子は努力してきたし、これからも努力を続けるつもりだ。コーチ相手に踏み切りのトレーニングや、地道な筋力アップも怠らない。練習だって誰よりもたくさん飛んできたと自負している。トップを走り続けるためには、必要なことだ。

けれども。

一度目のジャンプを終え、ランディングバーンには放水が行われた。バーンの両サイドに設置されたスプリンクラーは、首を振るように、あるいは緩やかに旗を振るように、水の飛沫を撒く。

(虹が見えたらいいのに)

理子はスキー板を右腕に抱えて、銀色に輝くしずくを眺めた。

やがてスプリンクラーは停止し、アナウンスがスピーカーから流れる。

『ただいまより、小学生の部女子、二回目のジャンプを行います。ゼッケンナンバー1室井さつき選手……』

カンテから飛び出すさつきのシルエットをランディングバーンの横から見上げて、理子は少しだけ目を細める。空よりも、さつきの飛ぶ影のほうが眩しくて。

『二十メーター五十』

アナウンスに無邪気な喜びの声があがる。さつきは理子をすぐに見つけて、手をぶんぶんと振ってから、慌てたようにスキー板をはずす。

笑顔で近づいてくるさつきに微笑みを返す理子の耳に、どこかのおじさんの声が聞こえてきた。

「この子もいいジャンプするなあ。一回目より伸ばしてきてるし。空中姿勢は、出場選手の中で一番じゃないか？」

（空中姿勢）

声がした方向に目をやる。よくジャンプ大会を見に来る、えびすさんみたいな顔をしたおじさんだった。近くの別なおじさんと興奮気味に語らっている。

「うん、センスがあるんだな。ドーケン先生のところのお嬢さんらしいぞ」

「お？　じゃあ吉村杯のときの……」

「そうそう、あの子だよ。あのときはずぶの素人だったのに」

「そりゃすごいなあ。伸びる子は一気に伸びるというけれど、あの子もあれかもしれないぞ……」

理子はすばやくその場を離れた。

少年団に入団するとき、さつきは母親の猛反対に遭ったと理子は聞いていた。だがなんとかそれを押し切り、いざジャンプを始めたさつきは、毎日飽くことなく小さな台を飛び続けた。疲れを知らず、コーチが「もう止めよう」と制止するまで、二十本でも、三十本でも。すぐに一番小さな台は卒業し、二番目に移った。さつきは入団した冬のシーズンのうちに、スモールヒルを飛べるようになった。最初、八メートルのカンテに尻込みしたのが嘘のように、さつきは高さやスピードを恐れなかった。

(なんて成長が速いんだろう)

さつきは飛ぶこと以外のトレーニングも、全部楽しげにこなした。ジャンプに必要な筋力をつける地道なものをやりながら、いつも笑っていた。体も柔らかかった。訊けば、小さなころから体だけは柔軟だったそうだ。バレエをかじっていたこともあったと聞き、さらに納得した。

素地は十分すぎるほどだったのだ。

加えて、毎日のトレーニングを厭わない。

踏み切り直後にスキー板をV字に開く動作を初めてやったときも、あまりに当たり前にこなした。さつきはあっけらかんと「みんなのを見ていたからかなあ、なんか自然にできた」と言った。

見事の一言しかなかった。

——理子を思い出すなあ。

永井コーチが感嘆していた。まだジャンプを始めて三ヵ月にもならない子に。

「理子ちゃん、飲み物あるよ」

二回目のジャンプのためにバーン横の階段へと歩いていた理子を、聞き知った声が呼びとめた。「オレンジジュースと、グレープジュースと、スポーツドリンクと水とお茶。飲んでいくかい？」

理子は首を横に振った。「終わってからいただきます」

「そうかい、次も頑張っといで」

少年団に所属する中学生のお母さんだった。中学生は小学生の大会が終わった後、隣のミディアムヒルで競技が行われる。大会があるごとに、選手団に同行して選手たちの世話を焼いてくれる保護者の存在は、珍しくなかった。

「あんた、喉渇いてないの？」

一度は断った理子に追いすがってきたのは、理子の母、智子だった。智子も時間の許す限り大会にやってきて、少年団の世話を買って出るのだ。ジャンプを始めたばかりのころは、会場に母がいるのが心強かったが、三年生の冬ごろからなんだか邪魔になってきた。

（お母さんは私がいろいろ言われているのを、どんな気分で聞いているんだろう？）

理子は智子に要らないというように手を振って前を過ぎた。智子は次にさつきに声をかけた。

「あ、さつきちゃん、さつきちゃん。お疲れ様。良かったよ。なんか飲んでいくかい？」

「わあ、やったー」

さつきの明るい声に背を押され、理子は階段の一段目に足をかける。

優勝カップと最長不倒賞の盾を手に、理子は目の前のカメラマンたちを一人ずつ眺める。小学生の大会だから、半分以上は少年団の父兄なのだが、それでも何人か報道関係のネームタグや腕章をつけている人がいた。

「理子ちゃん、笑って」

理子は声を出さずに「ウィスキー」と言い、最後の「キー」の状態で唇を止めた。

「いいね、かわいいよ」

理子は自分の左横にいるさつきを横目で見た。さつきは三位だった。

今日K点を越えたのは、上位三人だけだ。ジャンプはすぐに降りても、逆に飛び過ぎても危険になる。そこでスタートゲートの位置を変えてアプローチの距離を調節する。

今日のゲートは低めだった。あまり高く設定すると理子が飛び過ぎてしまう恐れがあるからだと、永井コーチから聞いた。

「また負けちゃったなあ」

準優勝の甲斐選手が肩を竦めた。札幌市荒川山ジャンプ少年団のエースで、理子やさつきと同じ小学校六年生だ。多くの大会で理子は甲斐選手と一緒に表彰台に立ってきた。順番が入れ替わったことは今までに一度もなかったけれど。

理子は自分と甲斐選手との点数差、それから甲斐選手とさつきの差を考える。

（さつきはもう少しで甲斐さんに届きそうだった）

これが初めての大会出場だというのに。

中学生の部の表彰式も滞りなく終わり、沢北町ジャンプ少年団一行は専用の小さなマイクロバスに乗り込んだ。理子は息をついた。隣にはさつきが座った。さつきは大事そうに三位の小さなカップが入った箱を抱えながら、窓際の理子のほうへと身を乗り出してきて、車窓を眺めた。

「あ、あの車に理子のお母さんが乗った」

理子もちらりと見てから、頷く。「そうだね」

「理子のお母さん、いいよね。ちゃんと来て応援してくれて」

「そうかな」

「もちろんだよ。理子すごいから鼻高いだろうし。それに比べて、うちのお母さんなんていまだに文句ばっかりだよ」

町役場に勤める父と、専業主婦の母。一人っ子の理子がジャンプ少年団に入団したことを、両親は喜んで、応援してくれた――ように思う。

大会に初めて出た最初のシーズンから、智子は少年団のフォローをかいがいしくしている。

たいていの大会は、朝の九時過ぎには開会式が始まる。その前に、スキー板にワックスをかけるなどの準備をしておかなくてはいけない。だから集合はもっと早い。前日に実際のシャンツェで公式練習をするので、選手は泊まりがけになる。熱心な保護者はそういう少年団の行程に合わせて一緒に宿に泊まり、子どもたちの面倒を見るのだ。智子もそうだった。

本当に、最初は良かった。理子もまだ小さかった。

でも大会で良い成績を収め始めると、親がついてくるのが余計に思えてならない。

沢北町ジャンプ少年団にすごい女の子がいる――上級生を押しのけて、この大会、あの大会と優勝する理子は、少年団の中でも若干浮いてしまっている。今、普通に接してくるのはさつきと圭介だけ。距離を置かれている自分を見られるのは、あまり気持ちのいいものではない。

（それに）

理子は自分のことを批評するおじさんたちを思いだす。

（ああいう人は、お母さんにも直接私のことを褒めたりする。逆に嫌じゃないのかな。褒められたくてついてきていると思われていないかな。周りには他の団員のお母さんもいるけど、やりづらくないんだろうか）

「理子？」

さつきが理子の目の前で手をひらひらさせた。「どうしたの？　考えごと？」

「ごめん……さつきのお父さんやお母さんは、応援に来ないの？」

「うち？　うちは農家だから今忙しいんだ。あ、でも」

八月第一週の土曜日に開催される大会に家族全員で来るかもしれないと、さつきは両頰に手を当て、口を開けるという、妙な表情をしてみせた。

「来るのはいいんだけどさ。うちのお母さん、本当にうるさいからなあ。危ないとか、女の子がやることじゃないとか……理子のお母さんみたいに理解があればいいのに」

理子はふと申し訳ない気分になった。ジャンプの世界にさつきを引っ張りこんだのは、自分だからだ。

「ごめんね」

「え、なにが？」

　さつきのお母さん、私のこと怒っているんじゃない？」

　さつきは大げさなほど首を横に振った。後ろで一つにくくった髪の毛が、陽気なラブラドールレトリバーの尻尾(しっぽ)みたいに、ぶんぶんと揺れた。

「理子を悪く言う人なんていないよ。うちのお祖父ちゃんやお祖母ちゃん、お父さんも、理子のことすごいって大人気だよ？　お母さんはただ私にぶつぶつ愚痴(ぐち)るだけで」

「そうなの？」

「そもそもお母さんは、お父さんが農家を継ぐことに大反対だったんだよね。札幌で公務員やってたほうが生活も安定していたのに、って。それに農作業も嫌みたいで。日光に当たればシミはできるし、力仕事すれば腕も太くなる、朝はすごい早い……って言って、ガンとして手伝わないの。農業やりたいのはお父さんなんだから、お母さんは関係ない、とかなんとか」

　なるほど、さつきの話を総合するに、さつきのお母さんはつまり、この沢北町自体を好ましく思っていないのだと、理子は察した。ということは、沢北町の教育委員会が力を入れているこのジャンプ少年団だって、嫌なものの一つなのだろう。だからジャンプをやるさつきへの文句も絶えないのだ。

「でも」

さつきが宝箱でも開けるように三位のカップが入った箱を開け、金に輝くそれを取り出す。「初めての大会で三位になれたから、お母さんも喜んでくれるかもしれない」

認めてくれたらいいなあと、嬉しそうに笑うさつきの横顔を、理子はじっと見つめる。

（良かった、さつきが入団してくれて）

そう思った直後、さつきの表情につられて綻びかけた口元が、耳の奥でよみがえった声に固まる。

――空中姿勢は、出場選手の中で一番じゃないか？

――あの子もあれかもしれないぞ……。

あれ、に入る言葉を、理子は探しあてられる。

（さつきは本当に、本当に伸びてる。すごい勢いで）

大会デビューがサマーシーズンというのも、さつきにとってはラッキーだと思う。雪と氷でアプローチやランディングバーンを作り上げる冬のシャンツェは、気候の変化で簡単に状態が変わってしまうからだ。ある程度の雪の降りなら、大会は実施されるが、アプローチに雪がうっすらとでもあるのと、まったくないのとでは、スキーの滑りも異なってくる。その点、セラミック製のアプローチで飛ぶサマージャンプは、風以外の気候条件に左右されない。スキージャンプは冬のスポーツだけれど、選手として飛びやすいのは、サマージャンプなのだ。

　昨日の昼から夕方にかけて、実際のシャンツェで練習をしたとき、さつきは初めてのサマージャンプ用の台に、少し緊張した表情をしていた。けれども、一度飛んでしまえばもうさつきには笑顔しかなかった。

「思っていたより、飛びやすかったよ。サマージャンプってあんな感じなんだね」

　理子は見抜いていた。成功体験は人に自信やさらなる向上心といった、プラスの影響を与えるけれど、さつきは他の誰よりも成功体験を自分の味方にしてしまう。人が一度のサクセスで一つなにかをつかむとしたら、さつきは十つかむ。

　今日、さつきがつかんだものは計り知れないほど大きいはずだ。

　今回は二位だった甲斐選手が、この夏のシーズン中にさつきに抜き去られるかもしれない。人に話したら、始めて半年とちょっとの子がまさかと、相手にされないかもしれないし、甲斐選手だって怒るだろうけれど、理子はその可能性が今日で明らかに高くなったと思っていた。

（ありうる、十分に。私だからわかる）

「ね、理子。グミ食べる？」

　さつきはバッグのポケットから、無邪気にマスカット味のフルーツグミを出した。パッケージの封はまだ切られていない。それをさつきはギザギザの切れ目にそって破き、さらに開いた口を指で広げた。マスカットの甘酸っぱい匂いが、理子の鼻先をくすぐる。

「理子、手を出して」

言われたとおりにすると、さつきはグミのパッケージを傾けて、薄いグリーンのグミ菓子数個を理子の手のひらに載せてくれた。それから自分でも一つつまんで、口の中へと入れた。

「ああっ」

いきなり自分の指を見てさつきが慌てふためく。

「どうしたの？」

理子が問うと、さつきは「カップをしまってなかった」と眉尻を下げた。

「グミの表面の粉、指についちゃった。この手で触ったらカップ汚れちゃう」

揺れるマイクロバスの中で、膝の上のカップを上手く足で固定しながら、さつきはグミのパッケージをつまんでいる。理子は手の上のグミをさっと食べてから、自分のバッグからウエットティッシュを取り出して、さつきに渡した。

「ありがとう、理子。助かったあ」

さつきは丁寧に指先をウエットティッシュで拭って(ぬぐ)から、慈しむ(いつく)ようにカップを持ちあげ、箱に入れた。そして、箱の表面を撫でて、にっこり笑った。

（嬉しそう）

理子はさつきの横顔にちょっと目を細めた。

（初めて手にしたカップだもの、嬉しいに決まっている）

でも、理子にはわかっていた。これはほんの始まりに過ぎない。さつきの部屋にはこれから同じようなカップやトロフィーが増えていく。大会に出場するごとに。

——さつきちゃん、一緒にジャンプやらない？

誘ったことにまったく後悔はない。理子だってさつきがいたほうがずっと楽しい。

でも、ジャンプするごとにぐいぐい伸びていくさつきを見て、少し胸が騒ぐのも確かだった。

（私はあれほどだったかな）

さつきは飛ぶことを楽しみながら、猛烈な速さで成長し、今日という最初の大会で結果を出した。これからもそうだろう。足踏みをする様（さま）が想像できない。その他の少年団の子と、あまりに違う。両者を比べると、まるでさつきは最新鋭の戦闘機で、その他の子はアメリカの田舎の農薬散布セスナみたいだ。

あっけなく、清々（すがすが）しいほどに追い抜いていく。

三月下旬、シーズン最後の雪上でのジャンプ練習を終えた後、永井コーチが理子に言った。

——理子、いい子をスカウトしたな。さつきのどのあたりにピンと来たんだい？

実際に飛んでみるまで、才能なんてものはわからない。体格などがジャンプ向きだな、というのは判断できるとしても。

理子だって、さつきに特別な才能を感じたから誘ったわけじゃなかった。

なのにこれほど適性があったなんて――。

（さつきはこの夏のサマージャンプシーズンで実戦を積んで、もっともっと飛ぶようになる）

ふと、肩が重くなったので、理子は目をやる。

バスの揺れが眠気を誘ったのか、さつきが理子の肩に頭をもたせかけて、静かに寝入っていた。

両手の中に、カップが入った箱を大事そうに抱えて。

「なあ理子、ちょっと聞こえたけど、八月初めの大会、ドーケン先生見に来んの？」

後方座席から身を乗り出してきた圭介に、静かにするよう仕草（しぐさ）で頼み、理子は小さく笑ってから、規則正しく上下するさつきの胸を見つめた。


「超緊張する」

さつきが布団の上に座って呟いた。

夏休みも始まり、少年団は主に週末に行われる各地の大会を転戦するようになっていた。

そして今朝は八月第一週の土曜日だ。

「お父さんとお母さん、本当に来てる」

札幌市内で行われる大会のときにいつも少年団が利用する安宿の二階の窓から、さつきは前の道を眺め下ろして、肩を強張(こわば)らせた。

「うわ、後ろの座席にお祖父ちゃんとお祖母ちゃんもいる」

理子がひょいとそちらを覗くと、さつきの家のフィットが停車している。フィットは夏の青空と同じ色をしていた。ボディが陽光を跳ね返して、理子の網膜を焼いた。

大会を見に来る保護者は、智子のように子どもたちの世話を焼きながら少年団のスケジュールに従ってそのまま帯同するケースもあるけれど、さつきの家族はそうではなかった。ただ、大会を見るためだけに札幌まで来たのだ。夏場の道憲には農作業があるから、おそらく昨日の仕事を終えてから仮眠をし、朝三時過ぎに出発して高速を思いっきり飛ばしてきたのだろう。

同じ部屋に宿泊していた少年団の女子選手たちが、一人また一人と起き出し、顔を洗いに行くなど、身支度を始めている。

「食欲ない、今朝はこれでいいや」

さつきはバッグの隣に置いてあったコンビニの袋から、カロリー補充用のゼリーが入ったパウチを一つ取り出した。昨夜のうちに近所のセブンイレブンで調達したものだ。

　選手によってそれぞれだが、試合直前の朝食は、そういった軽いもので済ませることも珍しくない。だがさつきは、今まできちんと朝ごはんを食べていた。少なくとも、おにぎりは口にしていた。

（本当に緊張しているんだ）

　理子は自分が寝ていた布団を手早く畳んで部屋の隅によけ、自分も同じパウチのキャップを切った。試合前の理子も、朝食はいつもゼリーで間に合わせていた。今朝のさつきのように、緊張で食欲がなくなるわけではないのだが、胃の中にものがある状態では、なんとなく体が重くなる気がするからだ。

「いつもどおりに飛べば大丈夫だよ。今日のシャンツェは最初に飛んだ大会と同じところだし」

　理子は心なしか青ざめた顔のさつきを、そう励ました。

（そう、いつもどおりに）

　初戦から今日の大会の間に、一つ別の大会があった。そこでもさつきは三位の表彰台に立った。一位は理子、二位は甲斐選手という同じ顔ぶれだったが、甲斐選手が初戦よりも記録を落としたのに対して、さつきは五十センチ伸ばした。本当にさつきと甲斐選手の差はちょっとしかなかった。

(今日、もしかしたら)

　さつきと甲斐選手の位置が変わるかもしれない。

　理子が考えているよりもずっと速く、さつきは飛んでくる。

(私に向かって)

「んー、ゼリー飲んだらちょっと落ち着いてきたかも」

　さつきは空になったパウチをコンビニの袋に入れてから、ゴミ箱へ放り込み、黒いゴムを取り出して髪の毛を後ろで一つに縛った。

「初めてお母さんに見られるのって、そんなにドキドキする？」

　理子はそう尋ねながら昔を思い返してみる。子どもだったこともあり、そう大した緊張感は覚えなかった記憶がある。ただ、飛んでいるところを見て、すごいと言ってくれたらいいな、などと、無邪気に考えただけで。

　むしろ成績を残し始めてからのほうが、変に口の中が乾いたり、逆に妙に唾がたまったりする。

　だがそんな心の波も、スタートゲートに座って風の声を聞けば、不思議にすっと潮が引くように無くなっていくのだ。

「するよー。お母さん、私がジャンプやってるの、本当にいい顔しないんだもん。危ないだけだ、スポーツをするならもっと普通のにしなさい、って。テニスとかバレーボールとか。今日だって、半分ケチつけに来てるんだよ、きっと。これで失敗なんかして、尻もちついてワンピース破けたりなんかしたら、どうしよう、だよ」

「だから、いつもどおりに飛べば大丈夫だって」

「そうかなあ。理子が言ってくれるなら、そうだと思っていいかな？」

理子はさつきの強張った肩を軽く叩いた。「いいよ」

畳の床にぺたんと座り、ストレッチを始めたさつきに理子も倣いながら、さつきのお母さんのことを考える。

（わざわざ見にくるのは、さつきのことが気がかりなんだ）

冬シーズンの練習のときも、一度だって顔を見せなかったさつきのお母さん。さつきは「うちのお母さんは、ジャンプの大会自体、生で見たことないはずだよ」と言っていた。

今日、それが叶えられる。

小学生用のスモールヒルとはいえ、実際のジャンプを目の当たりにする。

スキー板がアプローチを滑る音や、カンテから飛び出して空を切る音を聞く。

さつきが風に乗るところを。

あの子すごいねと言われている中に身を置くのだ。

（きっと）

上体を脚にぺったりとつけ、両手で足の裏をつかみ、頭の方へ引っ張るようにしてアキレス腱を伸ばす。

（きっとさつきがジャンプするのに、もう嫌な顔なんてしない）

そう思ったとき、理子はふと胸のうちに、なにかよくわからないけれど、ちりちりとしたものを感じた。もどかしいような、焦りを呼ぶような、心臓がきゅうっと縮まるような、そんな感覚を。


「さつきのお母さん、どこら辺にいるの？」

大会会場に着き、ジャンプ用ロッジの更衣室でワンピースに着替えながら、理子はさつきに訊いた。

「ちょっと待ってね」

ひと足早く着替えを終えていたさつきは、そう言うと部屋を出ていって、数分後に「まいったなあ」という顔で戻ってきた。

「ランディングバーンの横に、運営事務局のテントがあるでしょ？　今はお祖父ちゃんたちと一緒にそこの人だかりの中にまぎれてた」

でも、とさつきは付け加える。

「お母さん、きっと大会が始まったらバーンのすぐ横まで出てくると思う。だって」

「だって？」

「引っ越してくる前、この町にいたんだけどね」

「札幌市だったね、そういえば」

「うん」さつきはそこで内緒話をするように声を低めた。「お母さん、バーゲンのとき、ワゴンのところに突進していくの、すごい上手だったんだよ」

理子は笑ってしまった。

理子の顔を見て、さつきも嬉しそうに笑ってから、ふいに口調を変えた。

「あ、そうだ。理子」

「ん？　なに？」

「テレビカメラとか来てた」

笑っていた唇を、理子はきゅっと引き締める。

「理子の取材じゃないかな？」

「……中学生の大会もあるし、どっちかっていうと小学生よりはそっちのほうがメインだし……」

「でも、理子は特別だもん。大会規定でスモールヒルしか飛べないけれど、本当はもうノーマルヒルだって行けるし。ずっと勝つたびに新聞記事にもなってるしね」

中学生ならまだしも、小学生の大会結果が新聞のスポーツ欄をにぎわせることは、普通であればほぼないと言っていい。けれども、この夏のシーズンに参戦した大会については、小さくではあるが、必ず記事になっていた。

「初戦は写真だってついてたでしょ？」

ウィスキーのキーで止めただけの、ぎこちない笑顔の写真が、スポーツ欄の片隅にあったことを、理子は思い出す。

「理子、すごいよ。私、吉村杯のテストジャンパーで飛んだ理子を見たときから、すごいと思ってたけど、一緒に練習するようになって、いっそうそれがわかった」

さつきの言葉にも、表情にも、嫌味や邪気なんてどこにもない。そのまっすぐな明るさ、素直さを、理子は嬉しく思う。

素直なさつきの言葉だけは、理子もそのままに受け止められる。

（ずっと、そう言ってくれたらいい）

思ってすぐ、小さな不安が心の表面をひっかいていく。

（いいけど——）

もしもいつか、さつきが自分に追いつくことがあったら。

追い抜くことがあったら。

「そろそろ外に行っていようか？」

さつきの誘いに頷いて、更衣室を出る。永井コーチと遠藤コーチがいて、「シミュレーションやるか」と訊いてきたので、さつきと二人でお願いをした。

『シミュレーション』とは、腰くらいまでの高さの台に上り、そこでアプローチの姿勢から伸びあがって飛び出すというものだ。この『シミュレーション』という踏み切りの練習を、大会のときはウォームアップの最後の仕上げにやる。飛び出した体を一人のコーチが受け止めて、何秒かそのまま支えてもらい、テレマークの足の形で着地する。その姿勢の良しあしをもう一人のコーチに見てもらうのだ。

理子とさつきがかわりばんこに遠藤コーチとシミュレーションをしていると、小学生の団員たちが自然と集まってきた。コーチが二人いないときは、体格のいい年長の団員が、小さな子を支える役をやることもある。

圭介もきた。だが圭介はこちらを見るや、ふいとどこかへ行ってしまった。

「圭介、やらなくていいのかな？　余裕ってこと？」

さつきが首を傾げた。

少年団の仲間として、それからクラスメイトとして圭介をよく知っている理子は、圭介と遠藤コーチの間に埋めがたい溝があることを知っていた。遠藤コーチは大人だから圭介がどんな態度を取ろうと変わらずに接するが、圭介はそうではなかった。

何度か直接、圭介の胸の内を聞いたこともある。

遠藤コーチがしたり顔で助言してくるのがむかつく、と。

だから永井コーチと遠藤コーチ、どちらかの選択肢があるときは、圭介は必ず永井コーチを選ぶ。

入団半年と少しのさつきも、原因はわからずとも、彼らの不仲くらいはそろそろ感じとってもいい気がするが、さつきはあくまで単純に物事を考えるようだ。

そういったさつきの性格は、嫌いじゃない。むしろ理子は好ましいと思っている。

だが圭介は、そんなさつきの無邪気さも、癇に障っているようなのだ。「おまえ、あんま理子とベタベタしてんじゃねーよ、ガキか？」などとつっかかったこともあった。とはいえ、さつきがそれを気にした様子はなかったが。

いずれにせよ、圭介がどんな気分だろうが、理子とさつきのこれからのジャンプに、なんら影響するものではない。理子は気持ちを切り替え、もう一度踏み切り練習をお願いする。他の少年団の選手や、大会関係者、さつきが教えてくれた報道陣の視線を、そこはかとなく感じながら。

いったんは背中を向けた圭介が戻ってきて、さつきにぶっきらぼうな口調で「ドーケン先生来てる？」と訊いていた。

「やっぱりお母さん、最前列にいた」

さつきがぼやきながらシャンツェの横の階段を一歩一歩登る。

前回と前々回、三位という成績を残したさつきは、もうノーポイントではない。この大会は中盤あたりで飛ぶ。

「見ている人がいようがいまいが、飛ぶときは自分だけだよ」

力づけるつもりでそう言ったら、さつきはぎゅっと目をつぶってから大きく頷いた。

「そうだよね、理子。ありがとう。行ってくる」

板を肩に担ぐさつきの背が、きりっと伸びた。その後ろ姿に、理子は微笑む。

（今日はどんなジャンプをするんだろう）

さつきが入団したころ――それこそ八メートルや二十六メートルの台で練習していたころは、そう思う心の中に、『楽しみ』しかなかった。

（でも今は違う）

「ねえ、理子さん」

話しかけてきたのは、理子の前に飛ぶ甲斐選手だった。「あの、室井さつきさんって、本当にジャンプやり始めてから、七ヵ月くらいしか経ってないの？」

降り注ぐ盛夏の日差しにも、甲斐選手の顔はどことなく暗く、怯（おび）えているようにも見えた。

「そう。去年の十二月から始めたばかり」

肯定すると、甲斐選手は右手の親指の爪を噛（か）んだ。

「そうなんだ……」

また一人選手がアプローチを滑り降りていく。十六メーター五十というアナウンスと、ファンファーレみたいな音楽が響き渡る。

「本当は、ひそかにやっていたとかじゃないの?」

理子は首を横に振った。「それはないと思う。さつきは転校生で、それまではこの札幌市で暮らしていたの。札幌市の少年団にさつきはいた?」

ジャンプは個人で挑める競技とは違う。やるならどこかの少年団に所属するはずだ。

「うちにはいなかった。うん……頭ではわかっていたんだ。大会でも見たことないし」

ことに女の子の場合、スキージャンプはメジャースポーツとは言い難い。競技人口が少ないために、選手は道内道外関係なく、大体顔見知りなのだ。この札幌市の大会にも、東北や長野から選手が来ている。逆にスケジュールと予算が許せば、沢北町ジャンプ少年団の子どもたちが本州の大会に遠征することだってある。

『十三番　室井さつき選手　沢北町ジャンプ少年団』

(さつきの出番だ)

理子はスタートゲートに出てきた少女の姿を、一心に見つめる。ゲートに座った状態で、一度大きく深呼吸したのがわかった。

理子の首筋を、風がさらりと吹き抜ける。

と同時に、さつきはゲートからスタートした。アプローチを滑り降りるスピードは一瞬ごとに上昇し、ザッ、という音が理子の耳に残った次には、さつきはもうカンテから飛び出すところだった。

今までに飛んだ誰より、接地の音は遅く届いた。

『二十一メーター』

どよめいたのは、ランディングバーン周辺にいる観客だけではなかった。アプローチ脇で待機している理子たち選手も、記録のアナウンスを聞いてざわめいた。

「すごいね、今日も二十メートル越えたよ」

興奮した声で、順番を待つ選手の誰かがそう言った。

甲斐選手がまた爪を嚙んだのを、さらにはその手が震えているのを、理子は見ないふりをした。

『二十番　甲斐玲奈選手　札幌市荒川山ジャンプ少年団』

（体が硬い？）

スタートゲートの端から少しずつお尻をずらすようにして、甲斐選手はアプローチに刻まれた二本のラインにスキーを収めた。その一連の動きに、理子はいつもと違うものを見てとった。

（変に力が入ってる……）

ヘルメットとゴーグルで顔の上半分はよくわからないが、唇は冷え切ったプールに長く浸かったかのように、紫を帯びている。背は微妙に丸まり、それでいて無理に伸ばしたら折れてしまいそうなぎこちなさがあった。理子はゲートを握る甲斐選手の手と手首に目をやった。

手袋とワンピースごしでも、小刻みに動いているのがわかった。

いつも表彰台で自分の横に立つ選手。彼女を脅威に感じたことはなかったけれど、コンスタントに飛んでくる実力は理子も認めていた。

その彼女がスタート前、見たことがないほど異常な状態でいる。

カンテのところにあるボックスから、審判員がスタートの合図を出した。

合図が出てから、選手は十秒以内にスタートしないといけない。

震える手のまま、甲斐選手はゲートから滑り出た。

足を折って身をかがめた姿勢でカンテのところまで一気に降り、踏み切る。

（あっ）

一瞬理子は、スキー板をV字に開こうとする甲斐選手の右足が、波に翻弄されるようにつっかえたのを見逃さなかった。甲斐選手は必死で体勢を整えようとした。

彼女はすぐにカンテの向こうに消えた。

下方から悲鳴と驚きの声が上がった。と同時に、普通の接地とは明らかに違う、柔らかいものが叩きつけられたような音が、理子の耳に届いた。

手すりにつかまり、立ち上がった理子の目に、うつ伏せになってランディングバーンをずるずると落ちるゼッケン二十番が映った。

スキー板は両方はずれていた。

カンテのあたりで見ていた子が登ってきて、状況を教えてくれた。

「空中でバランスを崩したのを、無理に戻そうとしたらスキーの先が下がって。それで、そのままスキーの先っぽをバーンに刺すような感じで、落ちたの」

（スキーの先が下がった……）

本来ならば裏面で風を受け、浮力を得なければならない。

（先が下がったということは、スキーの表面に空気抵抗を受けたはず。そうなるとスキーは飛ぶ方向に対してどんどん直角になって、足より体のほうが前に行っちゃって）

スキーの先っぽをバーンに刺す体勢になってしまったのだ。

スタートのとき、体が硬い印象を受けた。いつになく、力が入ってナーバスになっていた。

（あれが悪い方向に出てしまったのでは）

ロッジには、救護室がある。万が一のために病院の救急車も待機している。

バーンから担ぎ出された甲斐選手は、意識はあるようだった。

（脚はどうなんだろう）

板がはずれたのは不幸中の幸いだと、理子は思った。そのほうが両脚に無理な力がかからず、負傷もひどくならずに済むだろう。

甲斐選手が担架（たんか）に乗せられて建物内へと入っていく。大会は一時中断となった。

理子はさつきの姿を探した。

さつきは心配そうな様子で、甲斐選手が運ばれていった建物を見ていた。

（さつきを恐れていたんだ、甲斐さんは）

大会ごとに自分に詰め寄ってくる、ジャンプを始めたばかりの選手。

（さつきよりも遠くへ飛ぼうとして——）

ようやく競技再開のアナウンスが流れた。一回目のジャンプを飛んでいないのは、理子だけだ。

ゲートに出る合図を見て、理子はスタート位置に構える。

（落ち着いて。私は私。いつもどおりに風に乗ればいい）

旗が振り下ろされ、理子は飛ぶためだけにゲートを出る。

甲斐選手は救護室で簡単に状態を診（み）てもらってから、すぐ病院へ行った。二回目のジャンプは当然棄権となった。

骨や靭帯(じんたい)などに影響はなく、打撲とねんざですんだという情報が、競技終了後に入ってきた。

「良かったあ。なんかすごいびっくりしちゃったもん」

さつきは本当にほっとしたような表情を浮かべた。

「さつきは、大会で大きな転倒をした選手を見たの、初めてだもんね」

「うん。あんなことってあるんだ。甲斐さん、すごくうまくて強い選手なのに。いつも二位だったし」

二回目のジャンプでさつきは二十一メートル五十を飛び、三位を引き離しての二位になった。けれどもさつきはそれを素直に喜んではいないようだった。

「甲斐さんがちゃんと飛べていたら、私はきっとまた三位だったよ」

当然、一位は理子で、最長不倒賞も理子だった。

ただし記録は二十五メーター五十だ。初戦には及ばなかった。他の選手も同じで、普段の大会よりは記録を落としていた。記録は当日の風の具合なども関係してくるので、飛距離が全体的に低めに出る大会というのは、別に珍しくはない。

そんな中、さつきだけは、また伸びた。

（本当に、飛ぶたびにさつきは上手くなってる。強くなっている）

だが、さつきはわかっていない。飛ぶことが単純に楽しくて仕方がない。飛ぶたびに記録を更新していくのが、嬉しくてたまらなくて、また次も張り切って飛ぶ。

それの繰り返しが、今だ。つまり、とてもいい時期にさつきはいる。

（自然体、といえばいいのかな。どこまで続くんだろう？）

帰りのマイクロバスの中で、理子はまた自分にもさつきのような時期があっただろうかと、記憶をひっくり返す。

あったはずだ。飛ぶたびに「すごい」「良かったよ」と永井コーチたちに褒められて、次はもっとと奮い立った。

でもそんな時間は、瞬く間だった気がする。なにもせずともずっと伸びていくなんてことはないのだと、子ども心ながらに理子は悟った。

みんなが望む結果を出すためには、『楽しい』を引き換えにしても、無我夢中で頑張らなければならない。だってみんなの望みは、どんどん大きくなっていくのだから。

続けてこられたのは、手放す覚悟すらした『楽しい』が、消えていないからだ。カンテから飛び出し、風に乗るごとに、やっぱりこの世界が、宙にいられる時間がなにより好きだと思う。

スキージャンプを観戦する人は、もしかしたら「踏み切り後、どれだけ落ちるのを耐えられるか」という観点で見ているかもしれないと、理子は考えることがある。だって人間は、本当は飛べない。ジャンプは時間をかけて落ちているだけだと。

失敗ジャンプは、確かにそう見えても仕方がない。

けれども、うまくいったときは、まったく別なのだ。

ここだというタイミングで踏み切ってカンテから飛び出し、スキー板をV字に広げ、板と全身で風を受ける。向かい風に乗る。

そんなときは、本当に腰のあたりが見えない力で空に引っ張られるような、上昇の感覚を覚える。飛翔していると実感できる。

きっとさつきも、もうその感覚をつかんでいるはずだ。

そうじゃなければ、あれほど楽しそうな顔はしない。

「あ、そういえば」

理子はふと、さつきの家族が観戦に来ていたことを思い出した。「お父さんやお母さん、お祖父ちゃんお祖母ちゃんはなんて言っていたの？」

アクシデントがあったとはいえ、さつきは堂々の準優勝だったのだ。周囲で観戦している人たちの話も耳に入ってきただろう。たとえばあの、いつも見に来るえびすさんみたいなおじさんのおしゃべりも。

あのおじさんたちは、絶対にさつきを褒めたはずだ。

やっぱりこの子はすごい、どんどん強くなっている、大会ごとに成長しているね、と。

「それがね」

さつきがどうにもわけがわからないといったふうに、ちょっとだけほっぺたをふくらませた。「気づいたら、いなかったんだ。だからなにも話さなかったの」

「帰っちゃったの？　二位の表彰式も見ないで？」

「そうみたい……お父さんが夕方の農作業しなくちゃいけないからかなあ？」

さつきが残念そうに、二位のカップが入った箱をそっと撫でた。


さつきの家族が途中で帰ってしまった理由を理子が知ったのは、夕方過ぎに家に戻ってからだった。

さつきから電話がかかってきたのだ。

「理子、どうしよう」

あのさつきが、泣きそうな声を出していた。

「私もう、大会に出られない。練習もできない。ジャンプをやめろって言われた。どうしよう」


夏のシーズン、大会のない日の練習は、主に町の体育館を使う。もちろん少年団だけの体育館じゃないから使えないときもあるけれども。

電話を受けた次の日は、体育館が使える日だった。

体育館には十名ぐらいの団員がいたが、さつきの姿はなかった。大会の直後は休息を取る子もいる。けれど、今までさつきは練習をやや軽めにすることはあったけれど、休んだことはなかった。

電話口で理子はさつきをうまく慰められなかった。まさか、という思いもあった。だって準優勝したのだ。褒められこそすれ、やめろと言われるなど理解できなかった。

加えて、もう一つのまったく違う顔をした思いが、理子によぎった。

正視したくない、身勝手な感情。

理子にとって、その思いは屈辱以外のなにものでもなかった。

(私が一瞬でもあんなことを思うなんて)

自己嫌悪とともに、理子は胸苦しくなった。

(本当にこのままやめてしまうの？　まさか)

始めてからまだ一年も経っていない。冬のシーズンの大会も経験していない。楽しそうに、嬉しそうに飛びながら、どんどん選手としての存在感を大きくしていく。

「なあ、理子」話しかけてきたのは圭介だった。「永井コーチ、来ねえのかな」

コーチは町の教育委員会に籍を置いている。少年団のコーチは、主に週末行われる大会への同行が必要なため、普通の公務員のように土日が休日に当てられておらず、かわりに月曜日と火曜日が仕事の休みの日だと聞いたことがあった。

でも休みとはいえ、少年団の練習にはたいてい顔を出してくれる。

さつきのみならず、永井コーチの姿も見えない。

「あ」

遠藤コーチの姿を見つけて、圭介はふいと横を向いた。遠藤コーチも永井コーチと同じ部署にいる。

「いたいた、理子」

遠藤コーチが理子を手招きした。なんだろうといぶかりつつ、理子はそれに従う。

「ちょっと教えてくれるか?」

「なんですか?」

「さつきのこと、なんか知ってるか?」

さつきの名に理子は思わず声を大きくしてしまった。「さつき、本当にやめるんですか?」

少しざわついていた体育館が、それでしんと静まり返る。

遠藤コーチはなんでもないというように他の団員に軽く笑ってみせてから、理子にささやいた。

「さつきのお母さんから、教育委員会に苦情の電話が来たんだ」

永井コーチはその対応で遅れているのだと言う。

「あんな危ないことを子どもにさせるなんて、とんでもない。やめさせるって言っているらしい」

——理子、どうしよう。

——ジャンプをやめろって言われた。

電話を受けたときの、驚きとともに顔をのぞかせた嫌悪すべき感情を再認識して、理子は己を恥じる。

(やっぱり、このままじゃいけない)

さつきは、やめてはいけない。

さつきのためにも、それからもっと大きなもののためにも。

「あ、理子?」

遠藤コーチの脇をすり抜けて体育館を出ようとしたところで、永井コーチとはち合わせした。理子は永井コーチに訴えた。

「さつきのお母さんから電話が来たって聞きました。やめさせるって言ってるって……」

永井コーチは理子にいったん廊下へ出るように言った。体育館の扉をきっちり閉めて、

「残念ながらそのとおりだよ」と消沈した声を出した。

「昨日の大会を見に来ていたんだね。もともとお母さんはさつきがジャンプをやることに、あまり賛成ではなかったようなんだ。女の子のするスポーツじゃない、危ない、ってね。

そんなところに、昨日の甲斐選手の転倒を見てしまった」

「そんな……転倒事故なんてめったにないのに。シャンツェの構造だって」

「もちろん、スキージャンプは基本的には安全な競技だってちゃんと説明はした。けれども、固定観念を持った人に昨日の転倒はやっぱり衝撃だったかもしれないね。同じ女の子だし、甲斐選手はずっとさつきより成績が良かった選手だ」

そんな選手でも失敗する競技なのに、これから自分の娘になにかあったらどうするんだ、責任が取れるのか——そういったことをさつきの母親は永井コーチに電話でまくし立てたらしかった。

「コーチはなんて言ったんですか」

「安全性のことについては、何度も言ったけれど、あまり聞いてもらえなかった感じだね。親御さんが心配する気持ちも、わからなくはないから、無理にこっちがやめさせない、と粘ることもできない。結局、親御さんに協力してもらったり、理解してもらって成り立つ部分はあるわけだし」

「……コーチはそれでいいと思うんですか？」

理子はぎゅっと両手をグーの形に握りしめた。「本当にさつきがやめちゃってもいいと思いますか」

永井コーチがため息をついて腕を組む。「……難しいね」

「コーチとして、もっとさつきのジャンプ、見たくないですか」

　永井コーチの大きな目が、理子に向けられる。

「さつき本人はやめたくないはずです。昨日私に電話してきたんです。私もどうしていいかわからなくて、うまく励ますこともアドバイスもできなかった。それに……」

「理子？」

「私、自分にびっくりしたんです。あんなことを思うなんて……信じられない。このままだと、自分が許せないです」

　永井コーチは明らかに戸惑っている。「どうしたんだい、理子」

「コーチ、私、さつきの家に行ってきます」

　廊下を駆け、上履きのまま外へ出た理子の背に、永井コーチの制止の声が届いた。体育館の扉が開く音と、圭介の声も続いて聞こえた。それらを振り切り、理子は走るスピードを上げた。


（さつきが、このままジャンプをやめたら）

　電話を受けたとき、驚きの陰で理子はふと思ったのだ。

（確実に私に迫ってきている足音から、解放される）

　楽になれる——ほっとしてしまった、一瞬とはいえ。

甲斐選手が見せた恐れを、理子もどこかで感じていた。理子は甲斐選手を理解できた。追うよりも追われるほうが何倍も辛い。その辛さを、さつきが初めて理子に教えた。

（誰かを怖いなんて思ったことは、なかったのに。さつきのせいで。でも）

初めて手にした三位のカップを、お菓子をつまんだ指では触れられなかったさつき。

青空を背にカンテを飛び出し、風に乗るさつき。

（追いかけてくるなら、それでいい。どんどん脅かせばいい）

さつきの家の場所を頭に呼び起こす。農家を営んでいるさつきの家は、沢北町の中心部から離れた場所にある。さつき本人も、バス通学をしている。大会から帰るとき、永井コーチの運転するマイクロバスはいつも、町中に入るずっと手前の、わりと大きな家の前で、さつきを降ろしていた。

理子はそちらの方面へ向かうバスに飛び乗る。

（私はもっと、遠くへ飛んでみせるから）

「理子、待てよ」

後に続いてバスに乗り込んできたのは、圭介だった。「おまえが行ってどうすんだよ」

「さつきのお母さんと話す」

圭介は冷静に首を横に振った。「おまえじゃ無理だ」

「じゃあどうすればいいの？　圭介は味方になってくれないの？」

「なれって言うのかよ？」

さつきの無邪気さ、単純さに対して抱いている圭介の苛立ちが、語気に表れた。「俺、別にあいつが続けようがやめようが、正直どうでもいい」

「どうでもいいなら、どうして私を追いかけてきたの？」

理子が言い返すと、圭介は小さく舌打ちしてバスの床を睨んだ。運転手がもうじき発車する旨のアナウンスを流した。

「……おまえが走って出てったからに決まってんだろ」

「え？」

圭介は空いている二人掛けの座席の奥に理子を押しこみ、自分はその隣に座った。

「とにかく、仮に俺が味方になっても駄目だよ。だって相手は大人だしお母さんだ。しかも教育委員会に直接クレームの電話してくるハイパーお母さんだぞ。小学生の俺たちで説得できるなら、永井コーチがとっくにできてる」

「だったら、どうすればいいの？」

「おまえ、そんなにあいつと飛びたいのか？」

理子は前の座席についている手すりを握った。「……このまま終わりにしたくない」

「あいつのためか？」

「違う。私のためにも」

圭介がフロントガラスのほうへと目をやった。バスが動き出した。前方を見つめる圭介のまなじりに力がこもった。

「わかった。俺に一つ考えがある」


お昼ごろ、理子と圭介はさつきの家に着いた。前庭は広い花壇になっていた。色とりどりの花の中に、ヒマワリが三十本ほどずらりと太陽を向いている。

三世代同居の、大きめの家の玄関を横目に、理子は圭介に連れられて小麦畑のほうへと回った。

今年はおしなべて小麦が豊作だったと理子は聞いた。小麦農家の大人は「ドーケン先生のおかげだな」と口を揃えていた。

けれども、どうしたことか当の道憲の畑は、子どもで農業のことはよく知らない理子が見ても、明らかに実りの途中で力尽きたといった感じの小麦ばかりだった。

その、失敗を絵にかいたような畑の中に、もぞもぞとうごめく人影がある。

「ドーケン先生！」

圭介が呼びかけると、キャップをかぶって作業着を着たさつきの父親、道憲が、二人を見つけて笑い顔になった。

「どうした？　圭介くん。お、理子ちゃんも」

理子たちは道憲に駆け寄った。

「お願いがあるんです」

圭介が言ったのだ。自分たちではどうにもならない。でも、大人なら、お父さんのドーケン先生に事情を話せば、味方になってくれるんじゃないかと。

——ドーケン先生、さつきを送りがてら去年の吉村杯を見に来てたんだ。ドーケン先生、ジャンプ面白いって、すごい寒そうだったけど結構頑張って観戦してた。こないだも来てただろ。きっと、いや絶対、ドーケン先生ならなんとかしてくれるよ。

（さつきは、お父さんとお母さんはあまり仲良くないみたいなことを言っていたけれど。ケンカにならなきゃいいけれど）

それでも圭介に言われてみれば、いま頼れるのは道憲しかいないのだった。

「さつきの味方になってください。さつき、ジャンプやりたいんです、やめたくないんです」

キャップのつばをちょっと直した道憲に、理子は必死に訴えた。

「私も、さつきと一緒に飛びたいんです。さつきとならもっと、もっと、頑張れる。それに私だけのわがままじゃなくて、さつきは今やめちゃいけない子です。だってさつきは——」

4　大事な娘だもの

「さつきはどうした？」

風呂から上がった道憲が髪の毛をタオルで拭きながら尋ねる。一美は通販カタログに目を落としたまま、「部屋。もう寝るって」と答えた。

「そうか」

道憲は日に焼けた大きな手で冷蔵庫から缶ビールを取り出し、その場でプルタブを引き上げて半分ほど美味そうに飲んだ。それから一美の座っているダイニングテーブルの向かいに陣取り、「ちょっといいかい？」と切り出した。

「私も早くお風呂に入りたいんだけれど」

「そんなに手間は取らせないよ」

「さつきのこと？　お昼過ぎにお友達が二人来ていたみたいね。知っているのよ。あなた、あの子たちに頼まれたんでしょう」

一美はカタログを閉じた。「私はなにも意地悪で反対しているんじゃないのよ。あの子のためを思えばこそなの。女の子が空中でバランスを崩して前のめりになって落ちてきたとき、心底ぞっとしたわ。あれがさつきだったらって」

「転んだ子は大事には至っていないって。打撲とねんざですんだってさ」

「それは、たまたまそうだっただけじゃないの？」

一美はカタログの端をいじった。道憲とは対照的に色白の手だった。「昔、同じようにバランスを崩して落ちてきて、大怪我をした選手がいた気がするわ」

「まあ、確かにそういうことはあるかもな。でもそれは本当にまれだよ。ああいう台は、きちんと飛べば安全なように計算されて作られているはずだ」

「猛スピードで飛び出してジャンプする、これだけで危険だということは、子どもでもわかるわ」

道憲はそこで「いやいや」と笑った。

「俺も一応理系のはしくれだからな。ああいうのはスピードがあるからいいんだよ。前へ進む運動エネルギーがなければ、それこそ高いところから垂直落下するのと同じになる」

「物理の講義みたいね。どうせ私は短大卒よ。高校でも理系科目は散々だったわ」

「そんなこと関係ないよ。ただね、圭介くんも……理子ちゃんと一緒に来た子なんだけど、こう説明してくれた——選手はカンテという踏み切り台から飛び出して、滑空するように飛ぶ。着地するところも傾斜がある。その傾斜にそって、飛行機がランディングするように降りる。ちゃんと飛べば、危ないなんてことはない——ってね。吉村杯で初めて会ったときも思ったけど、あの男の子は利発だな。次世代を担う沢北町のエース候補だぞ」

「とにかく、あんな危険なスポーツを子どもにやらせて、町をあげて助成しているのもおかしな話だと思うわ。税金を使っているんでしょう？　ジャンプをしない子だって大勢いるのに」

手にしていた缶ビールを、道憲はテーブルの上に置いた。

「まあ、税金のことはさっきには関係ないさ。ただ、どんなスポーツにもある程度の危険はつきものだよ。骨折したり靭帯を痛めたり、アキレス腱を切ったり。たいていのスポーツクラブは傷害保険の加入が必要だろう？　それにジャンプの場合、技術が未熟ならそれだけ危ない。ということは、あの子たちが練習すればするほど、そういうリスクはゼロに近くなるのさ」

「怪我したくないなら、最初から飛ばなきゃいいじゃない」

「いやまあ、練習するのはそれが、つまり怪我をしたくないというのが主たる目的じゃないだろうけれどね。あの子たちはジャンプが大好きで、もっと遠くに、もっときれいに飛びたい一心なんじゃないかな」

そういうの俺はかっこいいと思うけどな、と道憲は頷いた。

「あの子……小山内理子ちゃんといったわね。町の人たちもみんな手放しで褒める」

一美は長くため息をついた。「さつきもいつも言っているわね。ジャンプ少年団で一番すごい子、男子だってかなわない、将来オリンピックに出るかもしれない、ものすごく才能があるって。自分のことみたいに嬉しそうに」

「そうだ、その子が来てくれたんだぞ、さつきのために」

「理子ちゃんの実力は大したものだと思うわ。この町のジャンプ少年団の選手といったら、誰だってまず、あの子の名前を挙げるものね。素晴らしい子だわ。私、理子ちゃんは応援するわ」

「だったらさつきも」

「さつきと理子ちゃんは違うでしょう。さつきは理子ちゃんみたいに将来を期待されるような子じゃないわ。そりゃあこの間は見ていた人たちの褒める声も聞いたけれど……たぶんいっときのことよ。あなただって知ってるでしょう？　あの子、なにをやっても人並みかそれ以下じゃない。勉強だって普通だし、ピアノやバレエを習わせたこともあったけれど、一年と続かなかった。体育の成績も平平凡凡。特別な才能なんてあるわけないじゃない」

道憲はビールで少し赤らんだ顔に苦笑いを浮かべた。「はは、そうかもなあ」

「こう言っちゃなんだけど、あなたが作った今年の小麦も、散々だったものね。うちだけよ、失敗したの。人さまにご教示しておいて恥ずかしいったら。いつまで放っておくの、

「いやあ、俺も恥ずかしいから刈り取りたいんだけど、父さんと母さんが、ドーケン先生っておだてられてその気になっていたんだからいい薬だ、しばらくみんなに見てもらえって」

あの失敗小麦」

「そのあなたと、なんのとりえもない私の娘なのよ、さつきは」

笑いながら頰を掻く道憲を、一美はねめつけた。

「才能がある子が練習するのは、実りがあるかもしれない。理子ちゃんみたいにオリンピック選手になれるんじゃないか、ってみんなから言われているような子はね。けれども、そうじゃない子にとっては時間の無駄なの。過ぎ去ってしまった時間の大事さを痛感してからじゃ遅いのよ。ああ、あのときこうしておけばよかった、あんなことにうつつを抜かしていないで、もっと自分のためになることをしておけばよかった……そんなふうにね」

一美の声には実感がこもっていた。

「普通の子がジャンプを続けて、どんないいことがあるかしら。受験や就職の役に立つ？ジャンプチームを持つ会社に就職できる選手なんて、ほんの一握りの選ばれた人でしょう？　ましてや、女子なら……」

「まあでも、さつきもこの夏表彰台に何度も上がったじゃないか。嬉しそうにカップ持って帰って来てさ」

「カップ？」一美は少し眉根を寄せた。「小さなカップだったわね。しょせんは三位、偶然うまい具合に飛べたんでしょう。大会には小学校二年生の子だって出ていたらしいし」

「二位にもなったぞ」

「あの転倒した子がちゃんと飛べていたら、どうだったかしら」

道憲は言おうか言うまいか迷っているかのように、缶ビールを口に当て、ちょっと舐めてテーブルに置き、またほんの少し飲むという動作を繰り返してから、「あのな」と声を低めた。

「あの理子ちゃんがな、さつきのことを……あのさつきのことをだな」

道憲がその言葉を口にした。

一美は唖然となって唇を少し開いた。

道憲はそんな一美を見ながらビールを飲み干し、「まあ、明日はさつきの好物くらい作ってやれ。豚の生姜焼きとかさ」と笑った。


そんなバカな。そんなわけはない。

子どもはなんでも大げさに言うものだ。

沢北町中で一番大きなスーパーマーケット『はたのスーパー』——店構えも品ぞろえも、札幌の店とは比べ物にならないほど格下である——で一美が豚肉を選んでいると、「こんにちは」と明るい声がかけられた。

振り向くと、一美と同じくらいの背丈の、少々丸っこい体格の女性が買い物かごを手に立っていた。年齢は三十代半ば、柔和そうな目元に小ぶりな唇、なによりにこにことした顔に覚えがあった。先日行われたジャンプ大会で見た。

「小山内理子の母です。小山内智子と申します」

さつきちゃんのお母さんですよね、と確認され、こんな小さな町でしらを切るわけにもいかない一美は頷き、頭を下げた。

「こんにちは。さつきの母の室井一美です。クラスでいつもさつきがお世話になっています」

「あらお世話だなんて。こちらこそ理子がお世話になっております」

そう言うや、智子は急に恐縮した顔になって、深々とお辞儀した。

「すみません、うちの娘がジャンプ少年団にさつきちゃんを誘ってしまって。お母さん、反対されてるんですよね？」

「ご存知でしたか」

「ええ、娘から聞きました。本当にあの子がさつきちゃんを誘ったばっかりに、まったくもう」

「まあでも、やりたがったのはうちの娘なので」

一美は目の前の女性をしげしげと眺め、同じく大会で見かけたジャンプの天才少女と呼ばれる彼女の娘との外見的共通項を探そうとした。だがそれはあまりなかった。少女の、孤高で近寄りがたい雰囲気も、智子はまとっていなかった。人懐っこく気の良い、ありふれた田舎のおばさんそのものだ。

「お、理子ちゃんのお母さん。あれ、ドーケン先生の奥さんも」

店の主人に二人でいるところを見つかり、こちらからも気の良い声がかけられる。「お肉でもお魚でも、安くしとくよ」

一美が会釈すると、智子は屈託なく「助かるわあ、ありがとう」と返した。

「……やっぱり理子ちゃんの体のこととかを考えて、献立を作っているんですか？」

その問いは一美の中で、それほど大きな意味をもたないものだった。意味があるとすれば、こういう狭いコミュニティで、人間関係を円滑にするには、都会ではさして必要のない世間話もしなくてはいけないだろうという程度のものだった。

しかし智子はあくまでも気さくな態度だった。

「そんなに気にしないですよ。コーチからも特になにも言われてませんし。だからそのとき安いものでぱぱっと作っちゃう」

そう言って智子は本当に「ご奉仕品」のシールが貼られた鶏の手羽元をかごに入れた。

「あと大根と生姜がほしいわね。あの子、鶏肉が好きなんですよ。一番は唐揚げなんですけどね。でも今日は煮付……ええと大根、大根……」

「大根？　安くするよ、二十円引きだ」

「あらあら、こっちも？」

　智子は素直に嬉しそうである。一美も豚肉二パックと生姜をかごに入れた。レジに行くと、店主は言葉をたがえず、一美のかごの中の品々もおまけしてくれたうえで、こう言った。

「ドーケン先生とさつきちゃんによろしく」

「さつきに？」

　思わず訊き返した一美に、店主はえびすのような顔で笑った。「さつきちゃんもジャンプ頑張っているもんなあ。夏の大会では、なかなかいいジャンプだった。去年の終わりに始めたとは思えないよ。理子ちゃんと一緒に、楽しみだねえ」

　言葉を失った一美に、智子が大らかに誘いをかけた。

「もし良かったら、ちょっとうちに寄りませんか？　冷たいものでも飲んでいってくださいな」

　一美をソファに座らせてから、智子はグラスに注いだ麦茶とお菓子の詰め合わせの箱を、ローテーブルの上にそっと置いた。

「いただきものなんですけれど、よかったらどうぞ」

一美は礼を言い、麦茶を一口飲んで、『大平原』というお菓子を手にした。そして、さりげなく小山内家のリビングを見渡す。中流家庭のごく普通のリビングという表現が実にそのままあてはまるしつらえだった。ただ、窓から見える庭は手入れが行きとどいて、花壇のバラも見事に咲いている。

「理子ちゃんの優勝カップとかは、置いていないんですね」

「そうなんですよ」智子は目を細めた。「あの子が自分の部屋に置いています」

「将来はオリンピック選手だって、うちのさつきが言っています。もう、口を開けば理子ちゃんのことばかりで」

「理子もですよ。去年さつきちゃんが入団してから、今日はさつきちゃんこれができるようになった、もうスモールヒルが飛べた、という具合に」

「でも、理子ちゃんとはレベルが違いますでしょう。あの子はただ楽しがっているだけです」

「いいですよねえ、楽しいって」

智子の口調はストレートだった。「歳を取ってからジャンプを始めようと思っても、普通はできませんもの。私はジャンプを飛ぶ楽しさを知らずに終わるんだなあと思ったら、ときどき子どもたちが羨（うらや）ましくなっちゃう」

一美は少々驚いた。智子は楽しみばかりに目が向いて、親として肝心なところを忘れているのではないのかと思ったのだ。

「大会のとき、頻繁(ひんぱん)に選手団に同行してらっしゃると聞いています」

「ええ。理子なんかはもう、邪魔ものみたいな態度を取りますよ。でもいまさらやめられなくて」

「理子ちゃんがジャンプを飛ぶとき」一美は尋ねずにはいられなかった。「心配じゃないんですか？」

智子は大きく頷いた。

「もちろん、心配です」

「えっ」

「見た目ほど危険なスポーツじゃないとわかっていても、万が一のことを考えたら、もう、いまだに肝が縮みあがります」

一美はさらに問いかけた。「ならどうして、ジャンプをやることに反対しないんですか？将来有望だからですか？　あの……やめさせたいと思ったことはないんですか？」

「本当は、あるんですよ、これが。始めて間もないころは、やっぱり心配で」

「でも続けさせたのは……やっぱり才能があるとコーチから言われたから、とかですか？」

「いえいえ」

無理にやめさせても、あの子は絶対に納得しないと思ったんです。親には親の理屈があるように、子どもでもあの子にはあの子なりの思いや考えがあるでしょうから。怪我をするときは、どんなスポーツだってしてしまいますしね。まあ、あの子がそうまで飛びたいと言うなら、仕方ないな、という感じで——智子の言葉は、最後まで明るかった。

豚の生姜焼きの材料と、智子に手土産に持たされたいくつかのお菓子が入ったエコバッグを抱え、一美は玄関から入ろうとした。

だがやめて、足を小麦畑のほうへ向ける。

キャップをかぶった道憲が、大失敗の畑の中でその原因を探るべく、歩きまわっていた。

と、道憲が一美に気づいた。「おう、どうした」

畑に近づくと、道憲も寄ってきた。エコバッグをちらりと見て、「……もしかして理子ちゃんのお母さんに会ったか？」と訊く。

「どうしてわかったの？」

「うーん。いや、なんとなく」

道憲は腰に手を当てて笑った。一美は母屋を振り返り、さっきの部屋の窓を見た。開いているが、既に学校から帰ってきたかどうかはわからない。だが、時間的にはそろそろ帰ってくるころ合いだった。少年団の練習に行かずに、まっすぐ戻ってくるならば。

「やっぱり、反対か？」

道憲が夏の盛りを過ぎた、しかしまだ十二分に輝く太陽を仰いだ。

「あなたはさつきの味方なのね」

「そうだよ」

あっさりと道憲は認めた。

「まさか、子どもたちに例の……大げさな言葉を吹き込まれたせい？」

「違うよ。そんなのはどうでもいいんだ。俺はただださ」

「ただ、なによ」

さすがに眩しさに耐えられなかったのか、道憲が顔をゆがめて目をこすった。「さつきがあんなに楽しそうにしているの、最初の一週間くらいは楽しそうだったわよ」

「……バレエやピアノだって、最初の一週間くらいは楽しそうだったわよ」

「ジャンプは半年以上ずっと楽しそうだぞ？　今度こそ長続きするものをさつきは見つけたのかもしれない」

一美はエコバッグを抱え直した。「……なにかあってからじゃ、遅いとは思わない？」

「あったっていいじゃないか」

「は？」一美は目をむいた。「なんですって？」

「いいじゃないか、失敗して怪我したとしても」

道憲は実りのなかった小麦を背に胸を張った。「怪我をしたら、ジャンプをやめるかもしれない。やめて、こんなことなら始めなきゃ良かったと後悔するかもしれない」

まあ、俺はしないと思うけど、と道憲はさらりと挟んだ。

「でもとにかく、このままおまえが無理にやめさせたら、あの子は後悔するし、悔しくてたまらないだろうな。俺は、やれなかった後悔のほうが、やって駄目だった後悔よりもきついと思うぞ。やって駄目だったら自分の至らなさを省みられるからな。でもやれなかったんじゃあ、駄目じゃなかったかもしれない可能性ばかり考えて、なかなか先には進めない。それに昨日も言ったけど、スキージャンプは、はたから見て感じるほど危ないスポーツじゃないよ。ちゃんと練習すれば。そして、ちゃんと練習させてくれる少年団が、この町にある」

「あなた……」

道憲は実が入らなかった小麦の穂を一つつまんだ。

「おまえはさつきの笑顔を見たくはないのか？」

「……見たくないわけないいじゃない、大事な娘だもの」

「じゃあ、さつきが沖に出たがっているなら、心配でも見送ってやるのが、親の強さじゃないか？」

小麦の穂のつんつんとした毛を指でつついて、道憲は言い切った。

「船は港にいるとき最も安全であるが、それは船が作られた目的ではない——ってやつだ」

それは、道庁を退職して実家を継ぐ決断をした道憲の、座右の銘とも言える言葉だった。

5　もっと高く、もっと遠く

沢北町の秋はあっという間に過ぎ去る。さつきが引っ越す前に住んでいた札幌では、まだ冷たい雨ですんでいた時期でも、沢北町の空は簡単に雪を降らせる。

沢北町に来てから、三回目の冬だ。

さつきは中学一年生になっていた。

今年は初雪も例年より早かったと、日曜の朝、父の道憲がリビングの窓から外を眺めながら言った。二重窓の向こうでは、降りしきる雪が煙幕のようになって、ほとんど視界が望めない。大きく広がっているはずの小麦畑も、真っ白な自然のカーテンに遮られてしまった。

「でも、これだけ降ったら、シャンツェの準備も整うだろうね」

さつきは頷いた。

（一日でも早く飛びたい）

夏の大会からはミディアムヒルを飛んでいる。けれどもさつきには、ミディアムヒルは既に物足りないものになっていた。

ノーマルヒルも飛びたい。

理子は小学校五年生の吉村杯で、テストジャンパーとしてだが、既にノーマルヒルを飛んでいる。

夏のシーズンが終わり、さつきは永井コーチに直訴した。

――私も理子みたいに、スキー連盟に選手登録をしてください。中学生限定の大会だと、ミディアムヒルしか飛べない。私、もっと大きい台を飛びたいです。

ジャンプの世界においては、小学生と中学生では大きな違いがある。

主だった国内大会における参加資格の項目は、たいていこんな感じだ。

『全日本スキー連盟登録選手で、ＳＡＪスキー安全会もしくはスポーツ障害保険またはこれに準ずる傷害保険に加入のもの』

そして、最後にはこの文言が書かれている。

『※小学生を除く』

つまり、どんなに実力があろうと、小学生では出られる大会が非常に限られてしまう。

でも、中学生になると、全日本スキー連盟に選手登録をし、しかるべき保険に加入していれば、ノーマルヒルやラージヒルで行われる大会に出場できるのだ。

中学生にあがってすぐ、理子は永井コーチと相談し、全日本スキー連盟に選手登録をした。全日本A級公認のノーマルヒルで行われる大会に、サマーシーズンで二つ出場を果たし、どちらも大人に交じって三位になった。この冬は、五つ出場予定だ。

（理子の見ている世界が見たい。理子が感じている世界を知りたい）

永井コーチは、練習でヒルサイズが小さめのノーマルヒルを飛ばせてくれた。

――台が大きくなればなるほど、実力が出るんだよ。アプローチが長くなるから、踏み切り時のスピードも比例して上がる。そこを上手くやれるかどうか。ごまかしが利かなくなるんだ。

初めてノーマルヒルのスタートゲートに座ったとき、さつきに恐怖感はまったくなかった。ミディアムヒルよりも、ブレーキングトラックがはるかに遠くなったというのに。

ただ、わくわくしていた。

（台が大きくなればそれだけ、飛んでいる時間も長くなる。空にいられる）

（どんな景色が見えるんだろう）

さつきのジャンプを見た永井コーチは、願いを聞き入れてくれた。秋の終わり、さつきは全日本スキー連盟の登録選手となった。

――まずはシーズン最初の吉村杯女子の部で飛べ。その結果を見て、以降の大会へのエントリーを考える。

（吉村杯で結果を出せたら、もっと大きな大会への道が開かれる）

窓の外を見ながら、あの夏の日を思い出す。さつきが今、ジャンプ少年団をやめずにすんでいるのは、理子と圭介が家を訪れて、道憲に一美の説得を頼みこんでくれたからだ。

（お母さんは今も、本当は心配みたいだけれど）

それでも練習にさえ行かせてくれなかったころのような、激しい反対はなくなっている。

少年団に復帰したその夜、さつきは道憲から理子と圭介の来訪を聞かされた。

そのとき、理子がさつきのことをどう言ったかも教えられた。伝聞とはいえ、理子が言ったという言葉を思い出すだけで、いまだにさつきの心は衝撃で揺れる。

（理子が、私のことを、そんなふうに思っていたなんて――）

あの日のことは、忘れない。夕食に出たメニューだって覚えている。さつきが大好きな豚肉の生姜焼きだった。

「さつき。あんたがそんなにジャンプをしたいなら、お母さんもうなにも言わないから。好きにしなさい。でも、やるならちゃんとやるのよ。怪我をしないように、真剣に練習なさい。ジャンプをやるのは、さつきが決めたことだからね。後でどんなことになっても、絶対お父さんやお母さん、理子ちゃんに文句は言わないこと」

あの日の夕食後、一美は汚れた皿を洗う準備をしながら、部屋に戻りかけたさつきにこう言ったのだった。さつきは狂喜乱舞し、すぐに理子に電話をかけた。電話の向こうで理子も大喜びしてくれた。

「ドーケン先生、やっぱりさすがだね。ドーケン先生がさつきのお母さんに話をしてくれたはずなんだよ」

「お父さんが？」

電話を切って礼を言おうにも、道憲はビール一缶ですっかり酔いが回った様子で、ソファの上でいびきをかいていた。

翌日、久しぶりの少年団の練習から帰ってきてすぐ畑へ行き、さつきは喜色もあらわに道憲へと駆けよった。

「お父さんがお母さんを説得してくれたんだってね。ありがとう、嬉しい」

すると道憲は「確かに言ったのはお父さんだけど」としながら、

「お父さんは理子ちゃんと圭介くんに頼まれたんだよ。もちろんお父さんもさつきにジャンプを続けてほしいと思っていたけれどね」

「理子と圭介がお父さんに？」

「そうだよ。二人がわざわざうちに来て、お父さんに頼んでいったんだ。おまえの味方になってやってくれって。おまえはジャンプをやりたがっているし、理子ちゃん自身も、おまえと飛びたいってね」

それだけでもさつきは感激だった。あの理子が自分のために道憲に掛け合ってくれたのだ。しかも、一緒に飛びたいだなんて。

「でな。理子ちゃんな」

「え、なになに？」

「おまえのこと、すごく買っていたぞ。さつきは今やめちゃいけない子だ、だってさつきは人並みなんかじゃない。一番最初、八メートルのカンテで飛んだときから見てきたから、わかる。もしも自分がオリンピック選手になれるとしたら、きっとそのときは、さつきも一緒だって」

さつきはぽかんとしてしまった。

しかも、道憲はさらに続けたのだった。

「お父さんもたまげたけどな、理子ちゃんはおまえのことを――」

天才だと言っていたぞ。


練習用シャンツェの、特にランディングバーンの雪を固める作業は、コーチや少年団の保護者の一部がやってくれる。みんなでスキーを履いて、横向きに踏みしめながら降りていくのだ。

月曜日、中学校が終わってから制服のブレザーの上にオーバーを着込み、理子と一緒にゲレンデに行くと、どうやら昨日のうちにそれをすませてくれていたようで、四つのシャンツェはどれも飛べる状態にさつきには見えた。リフトも稼働している。

サマージャンプのシーズンが終わってからは、地道な筋力トレーニングや、シミュレーションの練習などを重ねてきた。ときどきはプラスチック加工をしてオールシーズン対応できるシャンツェにも足を延ばしたけれど、頻繁ではない。それにセラミックのアプローチと違い、冬のジャンプはアプローチの氷の状態など、常時コンディションが変わる。そしてジャンプは、冬が本番なのだ。

雪のない季節に積み重ねてきたものが、どういう形であらわれるか。

理子に近づけているのか。

近づいているとしたら、どのくらいか。

さつきはそれが知りたくてたまらない。

理子は小学校六年生の冬の大会も、中学一年生の夏のジュニア大会も、当たり前のように最長不倒を飛んできている。さつきが出場できなかった一般の大会も、好成績だった。さつきは常にその背を眺めるだけだった。

一年前にさつきと理子の間にいた甲斐選手は、今年の夏は、一度しかさつきと理子の間に割って入れなかった。

サマージャンプ最後の大会を三位で終えた甲斐選手は、人目もはばからず泣いていた。

——室井さん、冬は負けないから。

——私だって誰よりも練習してきた。理子さんに勝てるようにって。絶対無理かもしれないと思っても、練習を止めたことなんてなかった。

——次は、室井さんにも、理子さんにも勝ちたい。

転倒負傷した選手は、多かれ少なかれジャンプに恐怖心を持つようになるものではないかと、さつきは思う。ただでさえ、高いところから直滑降で滑り降り、羽根もない身で空中に身を躍らせるのだ。少年団の中には、スモールヒルまでは平気でも、ミディアムヒルになったとたん、その高さに足がすくみ、肝心のジャンプどころか助走にさえ挑めず、そのまま退団していった選手もいた。

失敗して怪我をしているのなら、なおさら怖いはずだ。

けれども甲斐選手は、ちゃんと怪我を治して、ミディアムヒルに挑んでいる。冬には理子のように、ノーマルヒルの大会にもいくつかエントリーする予定だと聞いた。

——もう、あんな情けない失敗はしない。室井さん、確かにあなたはすごい選手だと思う。理子さんも一目置いているみたいだし。でも、だからといって私だって、室井さんに負けるために飛んでるんじゃない。尻尾巻いて逃げないから。

甲斐選手の言葉に、さつきは打たれた。

（真剣なんだな）

そんな甲斐選手の態度に感じ入り、さつきもいっそう練習に身を入れるようになったのは事実だ。

だが同時に、ふと思うこともある。

（勝てなきゃ、なんの意味もないのかな？）

（最初は、楽しいだけで十分だった）

今だって、飛ぶのは楽しい。初めて八メートルの小さな台を飛んだときは、スタートができずに理子の手を借りてしまったが、一度体が宙に浮く感覚を知ってしまうと、恐怖よりも、そのわずかな間だけに垣間見ることのできる世界のほうに、夢中になった。いつも地に足をつけている当たり前の事実が、そのときばかりは嘘になるのだ。まるで世界にたった一人になってしまったみたいに、周りの声なんて聞こえなくて、風だけが叫んでいる。スキーの下から空へ空へと押し上げる力を感じる。腰から背中にかけて、神様が糸をつけて引っ張ってくれているような、ふわりとした感覚を覚える。

小さなころから、さつきは夢の中で「これは夢だ」とわかったときには、空を飛んでみることにしていた。そういうときは半分目覚めかけているものだから、長くは続かなかったけれど、鳥のように両手をばたつかせて宙に浮くのは、とても気に入っていた。あるいは白鳥が助走をつけて羽ばたくように、草原を駆けてから地を蹴って宙に浮くようなパターンも好きだった。結構な高さまでいけるときもあれば、今にも手をついてしまいそうな低空に留まるだけのときもあったが、いずれにせよそんな夢を見られた日は「人の夢の話は面白くない」と聞こうとしない一美を無視し、道憲にどれだけ楽しかったか、気持ちよかったかを、朝ごはんのときに語ったし、夢の余韻で一日中上機嫌でいられた。そして、「今夜も飛ぶ夢を見られますように」と念じてベッドに入った。

なぜ、夢の中で飛んでみるのか。それにははっきりとした理由があった。夢だからだ。人は飛べない。どんなに望んでも、そういう生き物だから無理なのだ。だから、夢とわかったらまず飛んでみる。本当はできないことが、夢でならできることもある。

飛ぶことそれ自体が、さつきの持って生まれた憧れで、夢の世界だけがそれをかなえてくれると思っていた。

それと同じ、いや、もっとはっきりと『飛ぶ』ことが、現実にできるなんて、考えたこともなかった。

カンテを踏み切った瞬間から、さつきはもっとずっと飛んでいたいと思う。降りるのがもったいない。いっぱい飛べばそれだけ長くこの感覚を味わっていられる。

楽しいから、続けてこられた。飛ぶこと以外の地道なトレーニング――体の柔軟性を高めたり、踏み切り時に必要な腰からお尻の筋肉を鍛えたり、空中でのバランスを保つための訓練、小さなハードルを並べて両脚の力だけで飛びこえていくといった、あまり面白みのないものも、それがジャンプにつながると思えば苦にならなかった。笑いながらこなせた。

だからこそ、一美に少年団をやめるよう言われたときは、ショックだった。

楽しさを教えてくれたのは、スキージャンプに誘ってくれた理子だ。

でもその理子が、甘く暖かい『楽しさ』の中でだけでうっとりしていたさつきを、引きずり出す言葉を道憲に言った。

（理子と私は全然違うと思っていたのに）

——どうして、そんなにすいすい飛べちゃうの？　さつきちゃんはうちらと違うね。

——理子ちゃんみたい。

少年団の仲間に感嘆まじりに言われることもたびたびだ。

復帰したさつきは、気づいた。

飛ぶということは、本当に楽しい。

それに加えて、結果がついてきている。だからよりいっそう楽しいのだと。飛べば飛ぶほど記録が伸び、達成が目に見えるのが、つまらないわけがない。

そんなさつきだが、別に他の団員と比べて特別な練習メニューをこなしているわけではないのだ。

自分だけどんどん飛べるようになっていく理由を、理子の言葉とともに自分なりに考えてみる。考えれば考えるほど、わからなくなる気がする。

ただ、さつきは六年生の夏のシーズンが終わって、心に決めたのだ。

（もっと高く、もっと遠くを目指してみよう）

（理子と同じところを見られるよう、頑張ってみよう）

（理子があぁまで私を買ってくれているのだから）

今までのさつきは、習い事をしてもどれも長く続かなかった。だが、ジャンプだけはやめたいと思わなかった。永井コーチの作ったトレーニングメニューを欠かさず行い、練習も一度たりとも休まなかった。むしろもっとやりたくて、うずうずするくらいだ。

それを止めたのは理子だった。

理子は教えてくれた。スピードのついた状態で踏み切り、そこからすぐに理想的な空中姿勢を取るには、確かにある程度の筋力が必要であること。けれども、無駄な筋肉をつけて必要以上に体を重くしたり、体型を変えてしまっては、それもまたうまく飛べない原因となることを。

――ジャンプは風を受けて飛ぶ競技だから、風を受ける面積が大きい長身の選手が、それだけ有利になる。でも面積が大きくなるからといって、太りすぎて横幅を取ったり、ジャンプに不必要な筋肉をつけて体重を増やしてしまっては、それだけ重力を得てしまう。ＢＭＩルールとの兼ね合いもあるから、ただ痩せていればいいってものでもないけれど、簡単に言うと、背が高くてひょろっとしている体つきがいいの。

言われてみれば、理子はまさしく理想的な体型をしていた。すらりとして無駄な肉がついていない、成長過程にある少年のような体だ。

スキージャンプについて書かれた本は、難しすぎて途中で挫折(ざせつ)したけれど、助走中の姿勢の取り方や体重移動については、圭介がかいつまんで教えてくれた内容を、頭に叩き込んだ。

重力、推進力、揚力(ようりょく)、摩擦抵抗力、遠心力。

成績の良い圭介は、「理子に頼まれたからだぞ。それからドーケン先生にお世話になってるからだぞ。おまえの父さんがドーケン先生じゃなかったら、やってねえから」とぶつぶつ言いつつも、絵と矢印でわかりやすく教えてくれた。

初めて大会に出場した夏から一年と三ヵ月弱。

(吉村杯、私はどこまで飛べるだろう?)

一番大きな六十五メートルのシャンツェを見つめ、さつきはわれ知らず、ふるりと震えた。

横の理子が気づいてくすりとした。

「武者震(むしゃぶる)い?」

理子のきれいな切れ長の目が、さつきを見下ろす。けれども、初めて出会った二年前と比べて、その視線の角度は緩やかになった気がする。

いつも姿勢よくいる理子が、シャンツェに視線を移した。

(きれいだな)

心からさつきはそう思う。ジャンプの天才少女だという評判など知らなかった転校直後のころから、理子はクラスの子とは明らかに一線を画していて、さつきにもそれが感じとれた。そこらへんの、石を投げれば当たるような子とは全然違った。みんなの中にいるのに、たった一人、はるか高い頂の上に立って、風に対して胸を張っているような凜々しさと、孤高の雰囲気を身にまとっていた。

吉村杯で、テストジャンパーとして飛んだ理子を初めて目の当たりにした。ほんの十数秒の間の出来事の一瞬一瞬を、さつきは今もはっきりと記憶の中から再現することができる。

突き抜ける青空を背に、理子は飛んでいた。

美しいと思った。

背がきっちりと伸びた、端正な空中姿勢。

そして、接地後のどよめき。

誰もが認める才能。将来のオリンピック選手。

それは、理子にだけ与えられる称号だとばかり信じていたのに。

「ねえ、さつき」

呼びかけられて、はっとなる。「な、なに？　理子」

「私も、ずっと楽しみだったよ」

「え、な、なにが？」

「このシーズンが」

理子がさつきに向き直る。「さつきがどれだけ飛ぶようになったか、一刻も早く知りたい」

見つめられて、さつきはどきどきしてしまった。

「そ、そうなんだ」

「うん」

理子は先ほどの「くすり」の気配を残らず消して、こう続けた。「それを見て、私がどう思うのかも」

ついと体の向きを変えて、理子はコーチが待機しているだろうジャンプ用ロッジのほうへと歩き出した。二階建ての建物の前では、遠藤コーチがスキー板の裏にワックスをかけていた。少年団員のスキー板のワックスがけは、基本的にコーチが全部してくれる。試合前もそうだ。天候等を見極めて、ワックスで調整してくれるのだ。

「お、来たな。今日から本格的に始動だ。理子のスキーはもう準備万端だぞ」

「ありがとうございます。よろしくお願いします」

自分より少し前を歩く理子に並びたくて、さつきは足を速めた。

(私のジャンプを見てどう思うか……か)

さつきは少し乾燥した自分の唇を舐めた。冷気がすぐに熱を奪っていく。

(変なジャンプをしたら呆れられちゃうのかな)

建物の玄関で靴を脱ぎながら、さつきはぶんぶんと首を振る。

(そんなの嫌だな。理子に呆れられるなんて)

ストーブが焚かれて暖かい二階の一室で、さつきはワンピースを着用する。なんだか少し丈が短くなった感じだ。隣では、理子がフロントのジッパーをゆっくりと上げていた。

「さつきちゃん、背が伸びたんじゃない?」

小学校三年生の団員のお母さんが来ていて、声をかけてくれた。

「そうかもしれません。なんだか夜寝るとき、体が痛くて」

「成長期なのね。おばさんも理子ちゃんやさつきちゃんの年頃のとき、そんなことがあったわ」

大会遠征中だけでなく、日々の練習のときにもこうして建物の中で団員を見守る人がいる。たいていは年少団員の保護者だ。

さつきの復帰を認めたとはいえ、一美は積極的に応援するという態度は見せない。自分で決めたことなら、もう好きにすればいいという感じだ。

(お母さんがあんな雰囲気だったこと、前にもあったなあ)

道憲が公務員を辞めて実家の農家を継ぐ、と言いだしたときも猛反対し、道憲の決意が固く覆せないと知ると、勝手にしろというような冷めた態度を取りだした。

道憲はそんな一美の反応を承知していたのか、船が港で海がどうこういう格言みたいな言葉を口にして、基本的にはひょうひょうとしていた。

けれどもさつきは、道憲が本当は一美やさつきに『環境の変化』という大きな負担を強いたことを申し訳なく思っていることは知っている。道庁を退職してきたその日の夕食で、一美とさつきに男らしく頭を下げたからだ。

もちろんそんなことで一美の気持ちが収まったはずもなく、沢北町へ来てしばらくは、道憲の畑作業を一切手伝わなかった。

だが、そんな一美もちょっとずつだが変わりつつある。

(そうだ、お父さんが最初の小麦栽培で失敗してからだ)

道次の種まき作業からは、一美もつばの広い帽子をかぶり、汚れてもいい服装をして、道憲と一緒に畑に出た。冬場の時間が空いた時期には、持っていなかった運転免許も取り、トラクターにも乗れるようになった。

(じゃあ、いつかまた私のジャンプも見に来てくれるかな。理子のお母さんと一緒に来たらいいのに)

一美はなにがきっかけだったのか、理子のお母さんとだけは、たまに電話で話をしたりしている。沢北町に来てできた、初めてのおしゃべり相手みたいだ。

そしてもう一つおしゃべり相手といえば、意外にも道憲と圭介が年の差を超えて馬が合ってしまったようなのだ。圭介から電話がかかってきても、クラスメイトであるさつきは関係ない。受話器を取ったさつきに、「おまえはいいからドーケン先生いねえ？」などと言う。どうやら進路相談をしている気配だった。その上、まれにではあるが、わざわざ家を訪ねてきて、道憲に勉強を教えてもらっていたこともあった。一美はその姿に感心し、「さつきも圭介くんの十分の一でいいから勉強すればいいのに」と嫌味を口にする——。

「さつき、まだ？」

話しかけられて気づく。理子は既に身なりを整え、いつでも外へ出られる状態になっている。

涼しい目が、さつきを見た。

「ごめん、すぐ用意終わる」

（お母さんに見せるより、まずは理子だよね。理子だけにはちゃんとしたジャンプを見せたい。がっかりさせたくない。私のことをああまで言ってくれたんだもの）

理子を嘘つきにするわけにはいかない。

正直なところ、さつきにはまったく自覚も実感もなかったのだけれど、どんなことがあってても理子の前ではふがいないジャンプはできない、しないと、さつきは心に誓って、ヘルメットをかぶった――。


「ねえ、理子」

道憲から理子の言葉を伝え聞いた翌日、練習の帰り道でさつきは理子に訊いたのだった。

「あのね……？　あれ、冗談だよね？」

理子は軽く首を傾げた。「あれって？」

「その……お父さんから聞いたんだけど、ほら、私がオリンピックとか……」

道憲から聞かされた言葉を自分自身で口に出して、さつきはたちまち恥ずかしくなってしまった。

あまりにもだいそれていて。

「もう一度少年団に戻れるように、大げさなこと言ってくれたんだよね？　そうだよね、私なんかが……」

照れ隠しに笑うさつきを前に、しかし理子はきっぱりこう言ったのだった。

「さつきは私のこと、嘘つきだと思うの？」

「えっ、それは、そんなことは……ないけど」

「私は嘘なんかつかない」

理子の顔はひるむほど真剣で、怒っているみたいにも見えた。

「さつきは自分のことをちっともわかっていないね」

気おされて、さつきは黙ってしまった。理子はというと、言い過ぎてしまったと自らを反省するように唇に手を当て、さつきと別れるバス停まで、ずっとうつむいていた。

じゃあまた明日、と、いったんはそのまま別れかけたが、理子はすぐに立ち止まり戻ってきた。それから「これからも、一緒に飛ぼうね」と早口で告げて、今度こそ足早に去っていった。

さつきはバス停から、小さくなる理子の背をずっと見ていた——。

建物の外へ出ると、圭介が遠藤コーチに向かって、文句を言っていた。

「俺の板は永井コーチにやってほしかったな」

遠藤コーチが今ワックスをかけているのは、圭介のスキー板なのだった。

「つべこべ言わずに着替えて来い。それまでには仕上げておいてやるから」

圭介は不満そうな顔で舌打ちをしてから、やっとさつきと理子がいるのに気づいたようだ。

「おまえら、早いな」

「だって、待ちに待っていたんだもん」

さつきが答えると、圭介はふっと大人っぽい、理子みたいな笑い方をした。

「……おまえが今シーズン何メートル飛ぶか、見ものだな」

「え、そう？」

「なにが『え、そう？』だよ。おまえ、マジで鈍いな」

ため息とともにそう吐き捨て、建物の中に消えた圭介に、さつきは口をとがらせた。

「見ものって、お祭りの見世物みたいに」

理子が視線を建物からシャンツェへ向けて言う。

「見世物というよりは、映画の話題作みたいな感じじゃないかな」

「映画？」

「そう。ハリウッドの超大作みたいな。封切り前のＣＭで盛り上がっているみたいに、みんな、心の中でさつきのジャンプにわくわくしているの」

「どうして？」

理子がふーっと息を吐いたので、きれいなラインの鼻先に白いものがけぶった。

「本当にわからない？」

理子はさつきに軽く笑いかけ、次に唇をきゅっと引き締め、リフトのほうへとスキーを滑らせていってしまった。

さつきはとっさに後を追おうとした。

けれども、結局そちらの方角へは、足は動かなかった。

さつきは、一番大きな練習台のブレーキングトラックに向かった。邪魔にならないトラックの脇から、スタートゲートを見上げる。

(理子がもうすぐあそこに来る)

ふつふつと体中の血がたぎってくる。陽が落ちた沢北町はあっという間に冷えていくのに、さつきはちっとも寒さを感じていなかった。

やがて、リフトを降りた一つの影が、滑(なめ)らかにスキーを操り、スタートゲートに近づいていく。

ジャッジタワーの屋上で、コーチの一人が合図をする。既にゲートに座っていた中学二年の男子団員が、ゲートから腰を浮かせて助走路を滑り降り始める。

カンテを踏みきったその選手は、バーンの斜面の半ばほどに接地した。

次が理子だ。

理子は、先輩の男子団員と同じゲートに座る。

さつきの背中に風が当たる。風はバーンの下方から巻きあがるようにカンテへと向かって吹いてゆく。

聞いているだろうか、理子も。飛んでこいと呼ぶ声を。

理子の迷いない「はい」という声が冷たい空気に響き渡る。コーチが腕を振り下ろす。

理子の体がゲートから離れる。

雪と氷のアプローチを降りてくる理子は、ぐんぐんとスピードを上げる。さつきが一度息を吸って吐く、それだけで、理子はもうカンテに差し掛かっている。

踏み切った。

飛び出してからスキーをV字に開き、風を受ける姿勢をとる理子の動きは、なに一つ無駄なくスムーズだった。彼女はまるで風を従えているようだった。シャンツェに吹く風は、理子を高く遠くへ運ぶことを喜びとしているみたいに、なかなか彼女を接地させなかった。

バーンの傾斜が緩くなる寸前のところまで理子は飛んできて、教科書どおりのテレマークを入れてようやく地に降りた。

おお、というどよめきで気づく。いつの間にかさつきの周りには他の団員が数人いて、理子の今シーズンの初ジャンプを見ていた。

「相変わらず理子さんはすごいね」

「俺、かなわねえよ」

「きれいなV字だよね。足首が柔らかいんだよ」

「踏み切りも完璧だよ」

さつきは理子に脱帽する団員たちの言葉を聞きながら、思う。

理子のすごさを言い表す単語は、きっと山ほどある。

けれども、逆に山ほどの言葉を使っても、理子のすごさのすべては伝えられない。

だから、さつきにとって理子の飛翔は、ただこの一言に始まり、尽きるのだ。


美しい。


滑り降りてきた理子とハイタッチを交わして、今度はさつきがリフトへ向かう。理子はさつきが今までいたところに立っている。理子のジャンプを見ていた団員たちの何人かはさつきの後を追うようにリフトについてきたけれど、理子の周りでシャンツェを見上げ続ける団員も、三、四人残っている。

ロープリフトのレバーを腰にひっかけ、登りながらさつきは深く息を吸いこむ。

新しい雪の匂いがする。

リフトが終わり、スキーを漕いでスタートゲートまで行く。新雪に残されているスキー板の跡を、理子のものではないかと思い、それを辿りながら進む。

スタートゲートは理子のときから変わっていないはずだ。リフトのときからずっと見ていたけれど、調整している様子はなかった。

（理子と同じ条件で飛ぶ）

まだかなわないのはわかっている。それでも。

（私は、あそこを目指す）

ブレーキングトラックでこちらを見上げている理子の姿。

遠くて小さくても、凛とした雰囲気が風に乗って伝わってくる。

風。

さつきは、風の声を聞く。

——さあ、飛べ。

——飛んでこい。

「はいっ」

ジャッジタワーの屋上から、合図の腕が振り下ろされた。

腰を上げる。ゲートをつかんでいた手で、自分の体を前へと押し出す。

膝を曲げて体を低く小さくする。滑り降りる速度が上がる一瞬一瞬で、空気の密度が増していくように思える。ひたすら近づくカンテを見つめる。

アプローチの傾斜が変わり、カンテに差し掛かる。

カンテの角度は下向きにおよそ十度。

そこを過ぎる瞬き一つほどの間に、さつきは自分にかかる抵抗力や重力が、めまぐるしく変化するのを体感する。

そして変化の中で、ここぞというタイミングを計り、踏み切る。

カンテのこの位置に来たら、とか、さつきはタイミングを視界で決めてはいない。

いつも自分にかかるいろいろな力の加減が、自然に教えてくれるのだ。

今だ、と。

板の前方を広げる。かかとが板から離れる。さつきの空中姿勢は、理子とは少し違う。

意図してやっているわけではないのだが、ぴっとした印象が強い理子よりも、さつきは上体と下肢がゆったりとカーブを描いている。

その緩いラインと板の間でふわりと風を抱え込むみたいに。

理子が堂々と風を従えて言うことを聞かせるとするなら、さつきは風と友達になって遊ぶ。ときどきいたずらを仕掛けて、空中にいるさつきのバランスを崩そうとすることもあるけれど、さつきはすぐに対応し、体勢を整え、立て直す。

もっと遠くへ。

理子の近くへ。

あそこまで行くのだと狙ったその地点を見据えて、さつきは風と共に飛ぶ。

理子が降りたポイントまでは及ばなかったけれど、それでも男子中学生で一番飛んだ選手の少し手前まで達することができた。

風以外なにも聞こえなかった世界に音が戻る。団員たち、コーチの声が、さつきの耳に届く。

「やるなあ」

「大会が楽しみだな」

「さつき、姿勢良かったぞ」

姿勢を褒めてくれたのは、ジャッジタワーの屋上にいてスタートの合図を出してくれたコーチだ。

理子が微笑んで近づいてきた。

「ナイスジャンプ」

誰に褒められるより、理子に良いと言われるのがさつきは嬉しくてたまらない。

「うん！」

大きく頷いたさつきに、理子は「じゃ、二回目飛ぼうか」と、リフトのほうへ促し、さりげなくさつきの前に出た。

きりりとしたその背を、いつも見つめている。

(追いかけていく)

いつか、その背に手が届くだろうか。

横に並んで、一緒に進んでいけるだろうか。

理子が道憲に言ったという言葉のすべてをうのみにできるほど、さつきも能天気ではない。

（でも、全力で追いかけていくんだ）

（理子は嘘つきじゃないんだ、これからも一緒に飛ぼうって言ってくれたんだ）

思えば沢北町に転校してきた当初、さつきは田舎町にうんざりしていた。友達がいなくて孤独だった。向かい風に腹を立てて、学校のハルニレの木に雪つぶてを投げた。

――向かい風は、大きく飛ぶためのチャンスなんだよ。

それを見た理子が自分をジャンプ少年団に誘ってくれなかったら、今だってきっと友達のいない、つまらない中学生活を送っていたに違いない。

あの日吹いていた向かい風が、結局はさつきに道を与えてくれたのだ。

理子がリフトのレバーを腰にひっかけて、ちらとこちらを振り向いた。ゴーグル越しなのに、その眼差しの中のまっすぐな光がわかる。さつきはその目を好きだと思う。

笑うと、理子も唇をほころばせてから、顔を前方へと戻した。

ふと、背後から大きなため息が聞こえた。

（なんだろう？）

振り向くと、一つ後ろのリフトレバーを使っている圭介の顔の前が、まだうっすら白くけぶっていた。

午後六時まで飛んで、さつきと理子は練習を切り上げた。

やはり、理子よりも飛べる選手は、少年団の中にはいなかった。それがたとえ、中学の上級生でも。

今シーズン最初の大会は、十二月の第二週にある。初めて理子のジャンプを見た、吉村杯だ。

今年からは女子の部に選手として、理子はエントリーしていた。もちろんノーマルヒル。さつきもだ。

帰りがけ、圭介とも一緒になったので、さつきたちは三人で雪道を歩いた。雪が音もなく落ちてきて、歩道や車道の上にふんわりと積もっていた。街灯に照らされたそれらは、間違って地上に落ちてしまった星くずみたいだった。

「嬉しいね、理子」

さつきの口から言葉がこぼれ出た。

「なにが？」

理子がきれいな目をこちらへ向ける。ゴーグルの跡が目の下に残っているけれど、そんな些細（ささい）なことで理子のきれいさは失われない。

中学に上がってから理子は、これまでとは違う騒がれかたをするようになっていた。

――一年の小山内理子っていう子、アイドルとかよりかわいいよな。

——ああ、ジャンプやってる子だろ。かわいいっていうか、美形だよな。

——モデル体型だな。もっとおっぱい大きければいいのに。

そんな会話を生徒玄関で交わしている上級生を、さつきは放課後見かけたことがある。

さつきは飛んでいる理子の姿が一番美しいと思う。でも、ワンピースを脱いで制服を着て立っているだけの理子の姿形も、確かにきれいだ。

けれどもその会話を小耳にはさんだとき、さつきは頭に来た。

（おっぱいとか言って、いやらしいな）

そう思ったのだ。

「ねえ、なにが嬉しいの？」

重ねて訊き返されて、さつきははっと我に返る。

「あ、ごめん」

思ったことを言葉にしてしまうのがなんとなく恥ずかしくなって、さつきは手袋をはめた手で、落ちてくる雪を受け止める。だがその仕草を見た理子には、全部わかってしまったようだ。

「冬が始まって嬉しいんでしょう？　ノーマルヒルの大会にも出られるし」

さつきは頷いた。「飛びたい。どこまで飛べるか試してみたいの」

「理子は特別だよ」口を挟んできたのは圭介だ。「おまえも……飛べてるとは思うけど、今日も俺より飛んだジャンプ何本もあったけど、理子にはたぶんかなわねえよ？」

「かなわないのはわかってるよ。でも……」

（理子と同じ景色が見てみたい、少しでも近づきたい）

「理子はいいなあ。小学生のころからノーマルヒルを飛んでいて」

「ああ、テストジャンパーのこと？」

　理子は遠いものを見るような感じで天を仰いだ。

「私をテストジャンパーに推薦してくれたのは、永井コーチだった。小学生の大会でもずっと勝っていたし、練習台の六十五メートルも飛べていた。吉村杯の前のサマーシーズン、大会で札幌市に行ったとき、前日の練習でノーマルヒルを飛んでみてもいいって言われたの。初めて飛んだときは、やっぱり嬉しかった」

「理子はさ、小学生のジャンプ界じゃ有名人じゃん」

　圭介が後を継いだ。「だから、本当は小学生なんてお呼びじゃないんだけど、実績のある理子でなおかつテストジャンパーなら、っていうんで、無理が通ったみたいだよ。ものすごい異例中の異例」

「そうなんだ」

　初めて目にした理子の飛翔を忘れたことなどない。青空を背に宙を切り、風に乗っていた。一目で心奪われた。あのときのドキドキがよみがえってきて、さつきは胸を押さえた。

「てか、永井コーチさ」圭介が不満げな声を出した。

「今日来なかったな」

これはとても珍しいことだった。少年団には永井コーチと遠藤コーチのほかに、ジャッジタワーの上に立って合図を送ってくれたりする手伝いのコーチが三人いるけれど、大会や遠征までは同行しない。ヘッドコーチの永井コーチとサブコーチの遠藤コーチはどこへでも必ずついてくるし、練習も一番よく見てくれる。特に永井コーチのほうは、よほどのことがなければ顔を見せて、アドバイスをくれるのはもちろん、ワンピースの破れたところをつくろったり、不要になったワンピースの丈を詰めて、まだ小さな団員用にリフォームしたりもする。

どんぐりまなこのおじさんのくせに、結構まめまめしいのだ。

「そうだね、珍しい……」

呟いた理子に、さつきも首を傾げる。「仕事が忙しかったのかなあ?」

(うちは冬のほうが暇だけど)

公務員を辞めて農家になった道憲は、春から夏の終わりにかけてはものすごく忙しそうで、朝の四時前に起きて作業を始めることも珍しくなかったが、雪が畑を覆い尽くした今は、実にのんびりとしたものだ。

「明日はきっと来るよ。きっと」

なんの根拠もないけれど、さつきは明るくそう言った。理子と圭介は黙っていた。

翌日練習に行って、永井コーチが休んだ理由を知った。

遠藤コーチが練習前に団員を集めて説明した。

「老人世帯の家の雪下ろしをしていて、誤って落ちてしまったんだ」

運悪く、落ちた場所にかぎってクッションになってくれる雪はなく、永井コーチは大腿骨を折ってしまったのだそうだ。

「一ヵ月ほど入院することになる見通しだ」

驚きと困惑の声が団員たちからあがった。びっくりしたのはさつきも同じだ。

（いない間、永井コーチの代わりは？）

「永井コーチの完璧な代役はいない」遠藤コーチが、それでも励ますように団員たちに告げた。「でも練習や大会に出ないわけにはいかない。戻ってくるまでは、俺が責任を持ってヘッドコーチをする」

どこからともなく安堵の吐息が聞こえる。

（そうだよね、遠藤コーチもずっと大会についてきてくれたんだし……）

そのとき、背後で誰かが舌打ちをした。

振り向くと、圭介だった。どうやら圭介は、一時的とはいえ永井コーチのかわりに遠藤コーチが少年団を率いることに、不満を覚えているようだ。

(そういえば)

昨日もスキーのワックスがけを、永井コーチにやってもらいたかったと言っていた。シミュレーションの練習も、遠藤コーチを相手にはやりたがらない。

永井コーチに向ける信頼を、遠藤コーチには持っていない、そんな感じが、圭介からはした。

当の圭介は、振り向いたさつきに不機嫌そうな一瞥(いちべつ)をくれてから、そっぽを向いた。

その日、圭介は早々に練習を切り上げて帰ってしまった。

それから、練習に来なくなった。

かわりに、さつきの家にかかってくる電話の頻度は増えた。道憲は、慎重に言葉を選びながら、圭介の相手をしていた。

冬シーズンの初戦、吉村杯の当日。

さつきと理子ら少年団の選手は、遠藤コーチの運転する小さなマイクロバスに乗って名畑市のシャンツェに向かった。

圭介の姿はなかった。

「圭介、エントリーはしているんだよね?」

吉村杯のみならず、多くの大会がそうだが、女子は中学生から大人まで、年齢を問わず【女子の部】と一くくりにされるのに対し、男子は【一般の部】と【少年の部】に区分される。

圭介は【少年の部】に参加予定だった。

隣の理子にささやくと、理子は頷いた。「エントリーの締め切りは永井コーチが入院する前だったから、やっていると思う」

入院する前。

(つまり、練習に来なくなる前ってことだよね)

「さつき」理子がくぎを刺す。「圭介のことは、今は忘れて。今日のジャンプに集中しよう」

「う、うん」

シャンツェにつくころには、薄く晴れていた空から小雪が舞い落ち始めていた。

天気予報では、雪は降ってもそれほどの積雪にはならないというようなことを言っていたはずだ。今のところ視界も悪くはなく、下のロッジのところからスタートゲートも見える。ただ、ときおり恨めしげに天を仰ぐ選手もいないわけではなかった。

(サマージャンプよりも冬のジャンプのほうが難しい)

冬のシーズンの大会は初めてではない。ただ去年は小学生だからスモールヒルだった。冬の大会、しかもノーマルヒルの公式大会は、今日が初めてなのだ。さすがのさつきも、いささか緊張してきた。

（このまま雪がどんどん降ったら、アプローチにも積もっちゃって……）

状態が刻々と変わる助走路で、どれだけ勢いをそがずにカンテまで滑り下りることができるか。ほんの数秒間ではあるけれど、ジャンプにはとても重要なことだ。

圭介が図まで描いて教えてくれた推進力や抵抗力、揚力といった言葉や作用を思い出す。どんなに小量の雪でも、一たびアプローチに落ちてしまえば助走するスキー板の障害となる。もちろん、自分一人が飛ぶときだけアプローチに雪が積もるわけではないのだし、最初に飛んだ選手と後のほうの選手でよほど条件が変わってしまうような天候であれば、いったん競技の進行を中止するなど、大会運営が公平になるように調整するだろう。けれども、雪の降る中でのジャンプは、そうでないときと比べてやはり難しい。できるだけ助走スピードを殺さないように、推進力をそのままジャンプにつなげられるように、選手は膝を曲げて体を小さくし、空気抵抗を少なくするクローチングスタイルを取りながら、滑る自分の体感を頼りに、微妙な体重移動を行い、バランスを取っているのだ。

でも、さつきは心のどこかでこの雪を歓迎してもいるのだった。

（いろんなコンディションで飛んでみたい。自分を試したい）

さつきは手のひらの上に落ちた雪を握りしめた。

（いつもよりも飛ぶ。飛んでみせる）

ワンピースに着替え、しっかりと遠藤コーチがワックスがけしてくれた板を担いで、シャンツェを見上げる。隣には理子がいる。女子の部の出場選手は二十名。理子は四番目に飛ぶ。さつきは二番目。甲斐選手も来ていた。甲斐選手が一番手だ。

甲斐選手が「おはよう」とさつきと理子に笑った。

さつきと理子もそろって「おはよう」と笑い返す。

「室井さん、背が伸びたね」

言われて気づく。夏までは同じくらいの高さだった視線が、今はそれとわかるほどにさつきのほうが上だ。

甲斐選手は少しだけ乾いた唇を噛んだ。けれどもすぐに笑顔になり、「今シーズンも、全力でいくからね」と軽く手をあげた。

失敗しても立ち直って毅然とスタートゲートに向かう。怖くないはずはないと思う。また転んだら、と思わないわけはないと。

でも甲斐選手は、ちゃんと戻ってきている。そういうきりりとしたところは、なんとなく理子を思い起こさせた。

（甲斐さんともちゃんと勝負して、勝ちたい）

「さつき」

所属少年団の一群に合流する甲斐選手の後ろ姿を眺めやりながら、理子が言った。

「さつきは本当に伸びたと思う。これからもうんと伸びるんだろうなって思う。私がコーチだったら、すごくさつきに目をかける」

「理子？」

「でも、私も負けない」

理子はきっぱりと言い切った。

道憲から聞かされた理子の言葉以上に、自分が評価されたことは、いまだかつてなかった。今は、私も負けないと言い切ってくれた。

理子の声を、鼓膜の奥で何度も繰り返す。

（私のことを、勝負の相手だと思ってくれている。みんなからすごいと言われている理子が）

さつきにとって、理子は今でもずっと遠くを飛んでいて、伸ばした手はまだ、ちらともその背に届いていないのに、負けないと言ってくれた彼女の言葉は、火矢のようにさつきの心に深く突き刺さった。

（本当に、本気で、私を認めてくれている。あの理子が）

なぜか、泣きたくなった。さつきは胸一杯に乾いた雪の匂いがする空気を吸い込んだ。

「うん」

さつきも思い切って答える。

「私はいつか必ず、理子に追いつく。そして、追い抜く」

「私は待たないよ」

「待たなくていい。私は私のスピードで追いついてみせる」

口に出してしまって、大それたことをと急に冷や汗が出る。けれどもそんなちょっぴりの後悔は、理子の真摯な眼差しで吹き飛んだ。

唇を引き締めてさつきを見つめる理子は、さつきが大口を叩いたとはいささかも思っていないという顔だ。

そして二人はどちらからともなく頷き合い、遠藤コーチの待つブレーキングトラックの一角に歩きだした。


通常、女子なら三位までしかしない表彰を、吉村杯は六位までしてくれる。

『第38回吉村杯スキージャンプ大会　女子の部　第六位』

さつきが受け取った小さな盾には、そう刻まれていた。

甲斐選手は七位。

一位は理子だった。

理子は雪がちらつくコンディションの中、堂々と最長不倒の九十三メートルを記録してみせた。

理子のジャンプで、【少年男子】のスタートゲートが予定より一つ下げられたと、さつきはちらりと漏れ聞いた。


吉村杯が終わり、遠藤コーチと少年団の選手はいったん沢北町のシャンツェに戻って、二時間ほど練習をした。その後さつきは理子を誘った。

「永井コーチのお見舞いに行かない？」

高校生や一般女子も混じって飛んだ吉村杯での、第六位という結果を報告したい、という思いもあった。理子はすぐに誘いに乗ってくれた。

「コーチもきっとさつきを気にしているから、そのカップ、見せてあげるといいと思う」

「うん、理子も一位のカップ持っていこう」

「どんな具合なのかな。よくあるみたいに、折った足を上からつるされていたりするのかな……」

想像して思わず笑ってしまったさつきを、理子は大人っぽくいさめた。「痛がっているかもしれないんだし、好きで足を折ったんじゃないんだから」

「そうだよね、ごめん」

スキーを手入れしてから所定の場所に収め、さつきと理子はワンピースを脱ぎにロッジの中へと入った。

「あれ？」

さつきはちょっとびっくりした。そこにずっと練習を休み、吉村杯も欠場した圭介がいたからだ。

「よう」

圭介はなにやら建物内に置いていたワンピースやゴーグル、手袋などの私物を、紙袋に押し込んでいた。理子の表情がふと変わる。来るべきときが来たか、とでもいうようなものに。

「理子は優勝、さつきも六位だったんだよな。いいジャンプだったよ」

「えっ」さつきは訊き返した。「いいジャンプって、見たの？」

「うん」

観客にまぎれてずっと見ていたと、圭介は認めた。

「なんで今日、来なかったの？　エントリーしていたのに」

さつきの問いに圭介は答えず、

「俺、今ならさつきにも負けるな。いや、この前の練習のときからそうだったか」

だった。

「……今がそうでも、明日そうだとは限らないんじゃない？」

耳に覚えのある言葉は、理子の静かな声で発せられた。だが圭介は軽く肩を竦めただけ
だった。

「あのさ。私と理子、これから永井コーチのお見舞いに行くんだけど」

圭介は興味を持ったようだ。「そうなんだ。俺も行こうと思ってた」

「じゃあ、いっしょに行こう」

さつきの誘いに、圭介は迷わず「うん」と答え、

「おまえら着替えてくんの、外で待ってるわ」

と、紙袋を抱えて出ていった。


沢北町で唯一の総合病院に、永井コーチは入院していた。

ナースステーションで部屋番号を尋ね、名簿みたいなものに順番に名前を書いて、備え付けのアルコール消毒液を手に塗りたくってから、三人は病室へ行った。

永井コーチの部屋は四人部屋だった。ドアは開いていた。永井コーチはガウンのようなものを着て、ベッドの上に上体を起こしていた。

「お、三人揃って。いらっしゃい」

永井コーチは大きな目を細めて、嬉しそうに笑ってから、「吉村杯、どうだった？」と訊いてきた。

さつきはバッグの中から、箱に入った六位の盾を取り出して、コーチに見せた。

「やったな、さつき。記録は？」

「これ、リザルトです」

理子がすっとA4の紙を永井コーチに渡した。誰が何メートル飛んだか、一本目、二本目ともに記載されている得点結果表だ。カンテから飛び出すときの速度まで、きちんと明記されている。

それを一読して、永井コーチは満足げに頬を緩ませた。

「理子とさつきは大したもんだな。有力選手がエントリーしていないとはいえ、中学高校の先輩はもちろん、大人を押しのけて表彰台と入賞か。今日は雪が降っていたが……」踏み切り時の速度のところを、コーチは指で軽く叩いた。「二本目はさつきが一番速度を出しているじゃないか」

照れくさくなって、さつきは笑ってごまかした。そうなのだった。二本目、助走の速度はさつきのほうが理子を若干だが上回ったのだ。ただ、実際の飛距離は理子のほうが勝り、最長不倒賞も獲得しているのだから、単純に飛び出しの速度に勝ったからというだけで、喜んではいられない。現に一本目で一番速度を出した大学生の記録は、全体で八位だった。

（でも、なんとなく今日のジャンプで、またなにか感覚がつかめた気がする）

永井コーチがさつきの右腕を軽く叩いた。

「さつき。まずは来年、宮の森（みやのもり）であるＴＳＢ大会にエントリーするか。それからＨＨＣカップとＳＶＨ杯にも」

（三つとも、全日本Ａ級公認の大きな大会だ。有名な選手もいっぱい出る）

さつきの耳からほんのちょっとの間だけだが音が消えた。まるで、カンテから踏み切って風の世界へ飛び込む一瞬のように。心臓がどきんと大きく打つ。

「良かったね、さつき」

理子がささやいた。そのおかげで、さつきは病室という現実世界へ戻ってこられた。

「……いいんですか？　本当に？」

「もちろん、ぎりぎりまでチェックはするぞ。もうすぐ杖をついてなら歩けるようになるだろうから、練習にも顔を出せる。その上でさつきのジャンプを見て、これなら間違いなく大丈夫だと思ったら、エントリーしよう」

「やったあ、理子と飛べる」

さつきは思わず理子に抱きついた。理子は大人びた微笑みを浮かべてから、すっと表情を引き締め、「本当に良かったね」とさつきを見つめた。

「永井コーチ」

有頂天のさつきをよそに、圭介のやけに真面目な声が響いた。

「こんなときにすいません。俺、ジャンプ少年団やめようと思います」

「えっ？」

その一言で、さつきの喜びは冷や水を浴びせられたように静まった。理子はやっぱりという表情で、圭介を見つめた。

「今日は俺、それを言いに来ました」


中学一年生の冬のシーズン。

さつきは出場したジュニア大会のうち、一つを除いてすべての表彰台に上った。一番高いところは上級生を押しのけて、やっぱり常に理子だった。

さつきは理子を目指しながら、甲斐選手や他の選手と争った。甲斐選手は宣言したとおり、正々堂々とジャンプに挑んだ。甲斐選手との対戦成績は、四勝二敗。競争相手の一人として負けたくない思いは常に持ちながらも、闘争心を隠そうとせず、恐怖に打ち勝ってスタートゲートに座る甲斐選手の姿は、ライバルながら心を打つものだった。さつきは甲斐選手と親しくなり、シーズン最後の大会が閉幕したのち、彼女とメールアドレスを交換した。

永井コーチがエントリーしてくれた、全日本A級公認の三大会で、ノーマルヒルも飛んだ。さすがにそこでは表彰台には上れなかったが、大人に交じって最高で七位になることができた。トップテンに入ることは、中学一年生としては快挙だった。そのとき甲斐選手の順位は二桁だったが、別の大会で八位になった。

だが、同じ中学一年生の理子は、もっと素晴らしかった。

理子は、大人がエントリーする大会でも結果を残した。さすがにワールドカップ参戦レベルの選手にはかなわなかったが、大会上位常連クラスの選手を相手に十分健闘した。出場した五つの大会のうち、三つで表彰台に立った。優勝こそなかったが、準優勝が一度あった。

準優勝した大会の翌日、スポーツ欄は優勝した日本代表選手より理子の写真を大きく載せた。スポーツニュースの番組やローカルのワイドショーでも、理子の特集が組まれた。少年団が練習するシャンツェにもカメラクルーが来た。理子は本当に有名人みたいだった。いや、実際に理子はもう沢北町だけで「誰でも知っている」ではなく、少年ジャンプの世界で「沢北町の少年団にすごい女の子がいる」でもなく、きりりと美しい容姿も相まって、ジャンプをよく知らない人にも「小山内理子という未来のオリンピック選手がいる」という存在になったのだ。

その実績で、理子は通常ならば参加資格がないラージヒルの国際大会に、全日本スキー連盟推薦選手として出場を果たしたのだった。理子は中一でラージヒルを飛んだのだ。国際ルールと有名外国人選手の中でも理子は健闘し、七位の成績を残した。二本目は飛距離が伸びなかったが、一本目だけの記録ならば、理子は三位だった。

理子が遠くへ行ってしまったような気がしながらも、さつきは嬉しさを感じていた。あのすらりと伸びた背を追いかけていけばいい。そうしたら、間違いない。

（絶対に、ついていく）

ノーマルヒルに対する恐怖感は、結局一度も覚えなかった。それだけ長い時間、風の声を聞いて空中という別世界にいられることが、楽しくてたまらなかった。

そして圭介は、ジャンプ少年団を退団した。

6 才能って、なんだろう

(また少し大きくなった気がする)

理子はワンピースのジッパーを上げて、さりげなく右手で胸元を押さえた。

そして、その手を少し下げる。

(半年くらい前までは、痛かっただけなのに)

——あなたには弱点があるわ。私にはわかる。

理子が二位に食い込んだせいで、表彰台を逃した高校生選手の声が、最近頻繁に耳の奥で響く。

六月第三週の土曜日。ジャンプ少年団は近隣の相別(あいべつ)町に来ていた。相別町にはサマージャンプの練習ができる、プラスチックのシャンツェがあるのだ。

理子の横では、柔軟運動を終えたさつきが、永井コーチの手によってワックスを丁寧に施(ほどこ)されたスキー板を担いだところだった。相変わらず、髪を後ろで一つに縛っただけで、なんのおしゃれっぽさもないのだけれど、いつでも表情豊かに明るく振る舞うさつきに、陽気な犬の尻尾をつけたような髪型は、結構似合って見えた。

笑ったり驚いたり、なにかに頷くたびに、縛ったさつきの髪は揺れる。練習でいい色に日焼けをしたさつきの笑顔は屈託がなく、目は光の粒を取りこんでいるみたいにきらきらして、それが好ましい。

理子がふと眩しさを覚えるほどだ。

初めて会った小学校五年生のころ、理子とさつきが目線を合わせると、角度がついた。理子のほうが十五センチ以上は背が高かった。あれから理子も背は伸びたけれど、さつきはそれ以上だった。今、二人が横に並べば、ほとんど同じ高さに互いの瞳を見る。

（でも、体重は）

たぶん、理子のほうが今はあるだろう。

空中で空気抵抗に負けないためにも、体重はある程度必要だ。筋肉がつけば、当然体重も増える。それに、スキー板の長さを決めるＢＭＩルールは、極端に痩せていると不利になる。ＢＭＩの数値が低ければ、履けるスキー板の長さも短くなるからだ。大きな浮力、揚力を得るには、スキー板は長いほうがいい。

しかし、重すぎてもいけない。重力が揚力より勝れば、それだけ接地が早くなる。踏み切りにもかかわる。選手は体にかかる重力の変化を感じ取り、立ち上がって飛び出すタイミングを計っているのだが、そのタイミングがつかみづらくなることもあるのだ。

理子は最近体重にとても気をつけている。必要な練習をし、必要な筋肉がついて、その結果、体重が適正に増えるのであれば、問題はない。

けれども、最近の理子は違うのだ。

「そういう年頃なのよ」

どうしても丸みを帯びようとする体を、母親の智子は、そんな一言で済ませてしまう。

「お母さんもそうだったもの」

さつきは不健康さを感じさせない、良い痩せ方をしている。

スキーを担いでシャンツェの横に設置された階段を登る。練習に使うシャンツェのヒルサイズは六十メートルで、それほど大きくはない。でも、リフトを使わないでスキー板を担いで登るとなると、ワンピースを着てスキー靴を履いた状態では、かなりの負担だ。リフトは節電ということで稼働していないのだ。

「さすがにきついね」

きついと言いつつ、さつきは嬉しそうに笑う。理子はカンテのコーチングボックスで「ちょっと休憩」と言い訳し、そんなさつきをしげしげと見やる。

中学二年になった今、理子はさつきの体つきにかつての自分に似たものを見て取る。まだがっしりと筋肉をまとう前の、手足だけが先に長く伸びた少年みたいな体型。理子はそれが、ジャンプ選手の理想的な体であることを知っている。ジャンプは体型だけで飛ぶわけではないのは、重々承知だ。けれども、さつきの体を羨ましく見てしまうのをどうにもできないでいた。

さつきは、給食でも遠征先の食事でも、自分の好きなように食べる。なにかを制限したり、わざと残したりするのを、目にしたことがない。入団直後から、ずっとそうだった。

つまり、さつきは頭で考えずとも、自分の思うようにご飯を食べて、そういう体つきに成長しているのだ。

体質と言ってしまえばそれまでだが、体質も才能のうちという視点だってある。

最近、理子は自分でも妙に見られていると感じることがある。今までも遠巻きに視線を受ける存在だったけれど、別の意味合いでも。

視線を感じてその方向に目をやると、たいてい男の子がいる。

理子と目が合うと、すぐに逸らされる。男の子は理子の、顔だけではなく、体も見ている。

「理子ちゃん、きれいになったね、女の子っぽくなったね」と大人たちから褒めそやされる。

それが嫌で嫌でたまらない。

（才能……）

まだ一度たりとも理子は、さつきが自分を追い抜くのを許してはいない。

ジャンプに関してはずっと、才能があると称賛されることに慣れていた。自分でも普通の子とは違うと思っていた。普通の子と同じ練習をしても、理子は一番になれたのだ。ただし、一度称えられたら満足し、鼻を高くしていたわけではもちろんなかった。褒められれば、その期待を裏切りたくなくて、理子はさらなる努力をしたのだ。

周囲はどんどん変わっていった。

彼らは理子のジャンプを見て、何年か後を語るようになった。日本代表、オリンピックという言葉とセットにして。

「理子、楽しみだね。今年の夏」

さつきは天真爛漫に言う。「いいなあ。フィンランドのチームと合同合宿かあ。どんな練習をするんだろうね?」

ゴールデンウィーク前に、永井コーチから知らされた一件は、瞬く間に沢北町に広がり、周囲の評価を確定的なものにした。

——やっぱりそうなったか。

——理子ちゃんには才能があるから。

「どんなふうだったか、帰ってきたら詳しく教えてね」

私も次は理子と一緒に行きたいなあと、さつきは天を仰ぎ、スタートゲートまでの階段をまた登りだした。

理子は才能を生まれ持ったものだと考えていた。自分の才能のみならず、広い意味合いとしてである。望むと望まざるとに関わらず、人はそれを抱えて生を受ける。

自分はジャンプの才能を持って生まれたと、ちょっと前までは信じていた。

けれど今は、理子の中でその確信が揺らぎつつある。

(才能って、もしかしたら消えてしまうものなの？)

(それとも、そんなものはもともと私には……)

プラスチックのジャンプ台で、少年団の先陣を切って理子は飛んだ。

感覚を確かめるために流すのではなく、これは本番なんだと気を引き締めて、今できるベストのジャンプをした。

記録は悪くなかった。他の団員は男女を問わず、

「さすがだね」

「今シーズンも調子良さそう」

と言ってくれた。遠藤コーチも「なかなか良かったぞ」とコーチングボックスから声を張り上げた。

ブレーキングトラックでスキー板をはずし、理子は次に飛んでくるはずのさつきを見つめる。

出す。

「はいっ」と元気のいい声をあげ、遠藤コーチの手の合図で、さつきはアプローチを滑り出す。

向かい風を味方につけて、スキー板と体の間で浮力を閉じ込めるように飛翔する姿。さつきは理子のジャンプはぴっとしてきれいだと言ってくれるけれど、理子はスキー板と体が比較的近い自分のフォームよりも、さつきの空中姿勢のほうが理にかなっているのを知っている。気をつけても近くなってしまうのだ。それでも勝ってきたが、内心ではもっとさつきみたいにすべきだと思う。

とにかく誰がどう見ても、さつきは上手くなった。一本飛ぶごとに、上手くなるのだ。だから、これでまた、さつきは一歩自分に近づいた——理子は自分が降りたほんのちょっと手前まで飛んできたさつきの笑顔に、目をくっと細めた。

(才能って、なんだろう)

入団しないかと誘ったとき、さつきがこんなに上手くなるなんて、理子は少しも想像していなかった。

それから、自分のジャンプに違和感を覚える日が来ることも。

「なんか悩んでんのかよ?」

月曜日の昼休みに話しかけてきたのは、冬に少年団をやめた圭介だった。圭介は理子の机に右手を置いて、顔を傾けながら目を合わせてきた。

「相別町のシャンツェで、上手くいかなかったわけじゃねえよな？　おまえが失敗なんかしたら、すぐ俺の耳にだって入ってくるしさ」

そう言いつつも、悩んでいるのかと訊いてきた圭介の観察眼に、理子は内心舌を巻く。でも、理子の心の中に芽生えつつある不安を、男子の圭介に話すわけにはいかない。いや、男子だからじゃない。誰にも話したくないし、知られたくない。

別になんでもないとかわした理子に、「ならいいけどよ」と受け流しつつも、圭介が理子の言葉を本気に受け取った様子はなかった。

「俺は少年団やめたけど、でもおまえの味方だからな」

圭介は早口でそう言うと、照れ隠しのように肩を竦めて離れていった。

ジャンプをやめたことを、圭介は後悔していないようだった。

「どうせ続けたって、女の理子に勝てねえし」

退団直後にそんな言葉を漏らした圭介を、さつきは本気で怒った。

「理子のせいみたいに言うの、やめてよ。圭介が勝手にやめるんでしょ」

圭介の退団理由を知る者はあまり多くない。圭介も表だって言わない。だから中には、本当に理子に勝てないのがつまらないからやめたのだ、と思っている団員もいる雰囲気だ。

圭介は頭が抜群によくて下級生の面倒見もよかったので、そういった圭介を慕う一部の団員から、理子は少し嫌われてしまったかもしれないと感じる。

(別に構いはしないけれど)

——遠藤コーチに教えられるのが嫌だってのもあるけどさ。

冬休みが終わったある日の放課後、圭介は理子だけに退団の理由を話した。教室には誰もいなかった。

少年団をやめていく理由は、その子によってさまざまだが、一番多いのは入団直後で、「やっぱりあんまり面白くない」というようなことだ。小学三年生の授業で、校庭でやらされるジャンプの真似ごとと、八メートルとはいえカンテを使うジャンプはやはり違う。授業で興味を持ったはいいものの、実際のジャンプとの相違に、「こんなのだとは思わなかった」と帰ってしまう子もいた。理子やさつきは、飛んだときの感覚にすぐ魅せられ、楽しみを見いだしたが、それが一般的な反応というわけでは決してない。人によっては「だからどうなの?」「これのどこがそんなに楽しいの?」という思いを抱いても全然不思議ではないのだ。誰もが同じではないのだから。

ジャンプそのものを好きになれなかった子が、続くはずはない。

言い方を変えれば、それなりに続けている団員は、ジャンプ競技そのものが好きなのだ。そういった子がジャンプを見限るのは、ジャンプを好きだという気持ち以上に、ジャンプに関するなにかが嫌になってしまったり、ジャンプよりも大事なものや好きなものができたりしたときだ。

　もともと圭介は遠藤コーチに反発していた。きっかけは本当に些細な出来事だった。入団当初、小学三年生だった圭介は、ジャンプでアプローチを滑り降りる際にかかる重力や抵抗力、遠心力など物理学的な解説を、遠藤コーチに求めたのだが、コーチは圭介の年齢を考えたのか、詳しい説明をしなかったのである。

　遠藤コーチは、当時から神童の誉れ高かった——ドーケン先生の再来と、その秀才振りを称えられてきた圭介を、特別扱いしなかった。小学三年生の他の子が圭介と同じ質問をぶつけるとは思えないが、もしそんなことがあったとしても、遠藤コーチは同じように応対しただろう。どんな子にも平等に接するコーチなのだ。理屈から入るより、まずは飛んで、ジャンプを好きになってほしいのだろうと、理子は見た。

　しかし、抜群に頭の良い圭介は、軽んじられたとむくれた。結局圭介は自分で本を読んで、滑走から踏み切り、飛翔時、着地に至るまでの運動エネルギーの変化を勉強した。そして、自分への遠藤コーチの対応を「教えなかった」のではなく、「教えられなかった」のだと子どもながらに軽蔑したらしいのだ。

　永井コーチの入院で、一時的とはいえ遠藤コーチが先頭に立ち、舵を取ることとなったジャンプ少年団は、圭介にとって居心地のいいものではなかったに違いない。

だが。

——でも、本当はコーチだけじゃないんだ。

ここにきて、圭介には退団を後押しする理由が、いくつもできてしまっていたのだ。

——ドーケン先生が町に来てから、ずっと考えてた。俺もドーケン先生みたいに中学を卒業したら家を出て、ちゃんと進学校に行きたい。俺さ、大学で航空工学と航空力学の勉強してさ、将来は航空機の設計に携わりたいんだ。それにはジャンプ選手の成績って別に関係ないんだよな。遅かれ早かれ、いつかはジャンプをやめるんだ、俺。

——ジャンプは好きだけど、俺にとっては一生やることじゃない。ジャンプよりも、そろそろ優先すべきことがあるんじゃないかと思う。両立できれば一番いいけれど、もしも結果が伴わなかったら、俺、自分の心にずるをして、ジャンプを逆恨みするかもしれない。

それから、もう一つ。

——あとさ。俺、おまえのこと、好きだ。

黙って聞く理子の前で、圭介は真顔で告白したのだった。

——でもこういうの、今のおまえに迷惑だろ？　俺でなくてもそういう目で見られるの、嫌だろ？　俺、おまえのこと好きだから、おまえにジャンプ全力でやってほしいから、俺がジャンプから離れる。

圭介は黙って右手を差し出してきた。圭介なりの決着のつけ方なのだろうと、理子は思った。理子も右手を差し出して、二人は握手をした。

──理子、サンキューな。おまえ、頑張れよ。

理子は頷いた。圭介はさばさばしたみたいに、教室を後にした。

そんな圭介なのだが、退団後も理子のことを、なにくれとなく気にかけてくれる。理子が嫌に思わない程度にさりげなく。しかも一歩離れたところから見ているせいか、もともとの慧眼(けいがん)にさらに磨きがかかったようだ。

(岡目八目(おかめはちもく)、っていうんだったっけ、こういうの)

理子はいつか父親と話していて教えてもらった四字熟語を、ふと思い出した。

(悩んでいる……か)

圭介のように退団していく団員もいれば、春に新しく入団してきた子もいる。その中で小学二年生の女の子は、無邪気にこう言ってくれた。

──理子ちゃんみたいに飛びたいから、入ったの。

(あの子の名前はなんていったろう)

リボンを整えるふりをして、胸元をそっと押さえる。制服は夏服に変わって、ブレザーは着ていない。白のブラウスに紺のベストが、上半身のスタイルだ。

「あ、理子理子！」

給食室まで食器を下げに行っていた、給食当番のさつきが、教室に入ってくるなり名前を呼んだ。「ねえ、体育館に行かない？　トスバレーやるみたいだよ」

体育館が使える日の昼休み、クラスの一部の女子は、丸い輪を作りバレーボールを回しあうゲームを好んでやるのだった。小学校時代からの名残みたいなものだ。男子はもう半分のスペースでミニバスケをしていることが多い。

バレーをして遊んでいるとき、頻繁に男子からの視線を感じる。

「……私は今日はいい」

「え、どうして？　具合でも悪いの？」

「ううん、違うけど」理子は少し声を小さくした。「次の時間の予習、済ませてなくて」

「そんなの、私もだよ。理子だったら予習なんてなくても平気だよ。社会、得意でしょ？」

でも、理子が体育館に行かないと知るや、さつきも教室に居残ると決めたようだ。居残り組のクラスメイトは、本を読んだり、こっそりマンガを読んだり、もっとこっそり携帯電話のゲームをしたりしている。そんな中を縫って、さつきは自分の机から社会の教科書を持ってきて、体育館へ行ったらしい前の子の席に座り、ページを繰った。一緒に予習しようというように。

「ねえ、さつき。今、身長どのくらいあるの？」

「うーんっとね」さつきは視線を斜め上に向けて、少しの間考える顔をした。「百六十四センチ？」

（もう私と、一センチしか違わないんだ）

体重は訊かなかった。理子はさっきの胸をさりげなく見た。ベストの前とブラウスの間には、緩い空間ができていた。盛り上がりに欠けて、男の子みたいだった。

理子はそれが羨ましかった。

相別町のプラスチック台で飛んだとき、理子はアプローチのときからバランスを取るのに神経をすり減らした。そんなことは初めてだった。冬場の台とは違い、条件が変わらない夏の台なのに、滑り降りていくにつれて加速していく体と、体が感じる重力や抵抗力などが、なんとなくしっくりこなくて、理子は助走しながら細かく体勢を調整しなくてはいけなかった。

踏み切りも、会心のタイミングは取れなかった。

それでもなんとか体面を保てるくらいに飛べたのは、必死で空中姿勢を整え、低空を飛びながらぎりぎりまで接地を我慢したからだ。

（私のジャンプはこんなのじゃなかった）

心が揺れる。胸の中に静かに白くふんわり積もっていた雪が、白煙の目隠しとなって理子を惑（まど）わせる。理子は、初めて味わう不安感を気取られまいと、なんでもないように振舞った。

以前よりも体の切れが悪くなった。食事には少年団の誰よりも気をつけているはずなのに、体重も増えた。なにより、全体的な体のバランスがおかしい。

(きっと、この胸やお尻のせいだ)

理子は、お風呂場の中の鏡に自分を映した。

成長期の少年のように、すらりと細い肢体——一年前の理想体型が、今はもうない。

ふっくらと柔らかくふくらんでしまった乳房。

腰のくびれを強調するように、丸みを帯びたお尻。

子どものころにお風呂で見た母親のものよりはずっと薄いけれど、恥ずかしいところにうっすら茂るものもある。

男の子がこっそり眺めては喜びそうな写真にあるような体。

いつの間にか、急にこんなことになってしまった。

(女の子の体だ)

理子は自分の胸を手でつかんだ。

(いまいましい、こんなもの)

痛みに顔をしかめながらも、ますます手に力を込める。

(取ってしまいたい、どうして)

どうして、以前のままでいられないんだろう。

どうして、自分の体なのに思いどおりにならないんだろう。

ジャンプはダイナミックに見えて、一方では非常に繊細な競技だ。ほんのわずかなタイミングのずれが、信じられないほど大きな違いを生む。特に踏み切りはそうだ。

ここだという一瞬で、アプローチの姿勢から素早くモーションを起こし、なにもない空へ飛び出す。スキーの先端を広げてV字にし、板の裏と体の前面すべてを使って、風を受ける。

ほんのコンマ一秒で、ほとんどすべてが決まる。

理子はそのタイミングを、冷静に把握し、計り、成功させてきた。その情報源は、自分の体にかかる様々な力——抵抗力や重力、揚力などといったものだ。

体が変わってしまったせいか、それらが正確につかめない。

BMIルールで長い板が使えるメリットより、理子にしてみればデメリットのほうがはるかに大きい変化だった。板は少しくらい短くてもいいから、元の体重、体型に戻りたかった。

急激に変わって、これからもなお変わろうとしている自分自身の体をどう制御すればいいのか、相別町のシャンツェで飛んでみたことによって、逆に不安が生まれてしまった。

(女の子みたいな体なんて、いらないのに)

——じゃあ、今日は理子の好きな鶏の唐揚げを作るわね。

一年前に初潮があった日、母の智子にそれを報告したら、嬉しそうに笑ってそう言ってくれた。お赤飯を炊かれるなんて恥ずかしいと思っていたから、理子はほっとしたが、胸に渦巻く不安は消せなかった。

(いつかは来るとわかっていたけれど、来てほしくなかった)

その日を、同じ年代の子に比べて早く迎えたほうではなかった。むしろ、少し遅いくらいだった。でも理子はうんざりだった。

それでも最初のうちは大したことなかった。周期も不順だったし、体つきもあまり変わらなかった。

順調になりだした半年前くらいから、胸のふくらみが気になるようになった。

なんとか冬のシーズンを乗り越えたが、春に草木が芽吹くように、雪解けの時期になって急に理子の体は女の子っぽくなってしまった。

男子からの視線を感じるたびに、嫌悪を覚える。今までに向けられていた視線とは明らかに違う感情が混じっていて、それが理子に「自分の体は変わってしまったのだ」と強く訴えかけるからだ。圭介の告白も思い出す。圭介は他の男子のように嫌な目で理子を見ることは決してなかったが、あの理知的な彼ですら、自分を好きだと言った。恋愛の対象としていたのだ。

(女の子なんだ、私)

お風呂から上がった理子は、自分の部屋のベッドに座り、スプリングを拳で叩いた。

相別町へ行くおよそ二ヵ月前の、四月下旬のある日、練習のため、町の体育館へさつきとともに来た理子を、永井コーチが呼んだ。

「とても大事な話なんだ。着替える前にこっちに来てくれるかい?」

永井コーチの脚は、もうすっかり治っているはずなのに、ときどき骨を折った側を軽く引きずるような歩き方をした。コーチは少年団のために入院中もときどき抜けだして、練習を見に来てくれていた。それが良くなかったのではないかと、理子はふと思った。

ブレザーの下のスカートをなぶる風は、まだ少し冷たかった。

永井コーチは理子を市の体育館から、歩いてすぐ近くにあるコーチの職場——沢北町教育委員会まで連れていった。

教育委員会は、理子の父親のいる町役場とは別の建物にある。それは三階建てで、町の図書館なども併設されている。ロビーの椅子にはおじいさんと中年の女性が一人ずつ離れて座って、町が作ったなにかのパンフレットを読んでいた。

理子は黙って永井コーチの後を歩いた。コーチはいったん二階の教育委員会の部屋に入ってから、資料と鍵を手に戻ってきて、隣の小さな会議室みたいな部屋の扉を、持ってきた鍵で開けた。

「入りなさい」

「はい」

長い机とパイプ椅子が四角い形に置かれている会議室の、ドアに一番近い席の隣に永井コーチは座った。コーチは横の椅子を理子のために引いてくれた。

「座って」

言われたとおりにする。

(なんだろう、もしかして)

自分の体の変化について、なにか言われるんじゃないか。そんな体型じゃ、近々いいジャンプを飛べなくなるぞと言われるんじゃないか。

怒られるのも、がっかりされるのも、心配させるのも、理子は嫌だった。

「どうしたんだい?」

だが、永井コーチは丸い目を嬉しそうに細めたのだった。「理子に、とてもいい話が来たんだよ。コーチとして、本当に光栄だよ」

「いい話?」

「日本スキー連盟がね、君をジャンプナショナルチームのジュニアメンバーに指定するというんだ。もちろん、ここでいうジュニアは、中学生という意味のジュニアじゃないよ。

国際規定でのジュニアという意味だ。つまり、二十歳以下ということだね」

永井コーチは理子を相手に、丁寧に概要を説明してくれた。

小学校時代から傑出（けっしゅつ）した成績を残していること。

冬のシーズン、中学生の枠を超えた大会で表彰台に上ったこと。

全日本スキー連盟推薦選手として、見事に国際大会でラージヒルを飛んだこと。

「これらの実績が認められたんだ」

ナショナルチームの選手にもランクがあると、永井コーチは言った。

「理子はまず、Ｊｒ－Ｂというクラスになる。成績がまた伸びれば、ジュニアのクラスからシニアのクラスに行くこともできるだろう。とにかく、そうそうたる日本代表クラスの選手、一流のコーチの指導を受けられる。これは、なにものにも代えがたい経験だよ」

（ナショナルチーム……）

いずれは世界を視野に、オリンピック選手にと言われ続けてきた。でもそれは周りが勝手に、いいように想像していただけだった。理子も、もちろん内心では強く意識してはいたが、望みというのは、そうであればいいと願えばすべて叶うわけではない。

でも、それが現実となる第一歩を踏み出せたのだ。

「コーチの欲目と言われるかもしれないけれどね、理子のメンバー入りはしごく当然だと思う」

永井コーチは、本当に嬉しそうだった。「とりあえず、予定としてはね、七月の終わりから八月上旬、フィンランドのジュニアチームとの合同合宿がある。場所は長野の白馬（はくば）だ。ほら、オリンピックが開催されたところだよ」

得るものはとても大きいと、永井コーチは太鼓判を押した。

「理子以外のジュニアの選手六人は、高校生や大学生ばかりだけれど、萎縮することはない。ジュニアランクより上の選手が参加しないのは残念だけれど、それでも必ずいい経験になるはずだよ。これは最初のステップだ。多くの選手がジュニアのナショナルチームからステップアップして、ランクを上げ、ワールドカップの派遣選手に決まる。そういう大きな大会で活躍すれば、オリンピックも見えてくる。とりあえず、これが資料だ。記入の上返送が必要なものもあるから、遅くともゴールデンウィークが終わるまでには、ポストに入れるんだよ」

理子はそっとブラウスの胸元を押さえた。

リボンが指に触れた。

親指の付け根から手首あたりは、柔らかいふくらみに。

制服越しでもわかるようになってしまったそれに、理子は不安を覚えた。

ナショナルチームのジュニア代表選手に選ばれたことは、今までの頑張りが認められたようで、いつもは冷静な理子も本当は飛び上がって喜びたかった。けれども、こともあるうに自分自身の体が、喜びに水を差した。

（夏……夏までに、もしかしたらもっと変わってしまうんじゃないか、私の体型は。そうしたら……）

理子の懸念は、現実のものとなったのだ。

合同合宿へ出立する日、役場の仕事がある父は、「元気に行って帰っておいで」と優しく声をかけて、理子より先に家を出た。智子は待ち合わせ場所の教育委員会の建物まで一緒についてきて、永井コーチに「どうかよろしくお願いします」と深くお辞儀をした。

永井コーチの車に同乗して、さつきは旭川空港まで見送りに来てくれた。旭川空港まで、およそ一時間半の道のりだった。

スキー板などの大きな荷物をカウンターで預けた後、コーチとさつきとともに保安検査場へと歩いていると、地元新聞社の記者とカメラマンが、理子を呼び止め、ジュニア代表に選ばれたことへの思いや、合宿への抱負などを尋ねてきた。

取材はさして時間もかからずに終わった。

記者たちが離れた後で、さつきは興奮したように少し跳びはねた。

「理子、かっこいいよ。来年は私も選ばれたいな」

Tシャツにジーンズというなんということもないいでたちのさつきは、後ろで一つに束ねた髪さえなければ、一見男の子のようだった。細く長い腕や脚をもてあまし気味に駆ける、仔馬みたいにも見えた。

そのスタイルも、てらいなく「自分も選ばれたい」と言ってしまえる素直さも、今の理子にとっては悔しいほどにきらめいている。

(ジャンプについて、こんなに不安になったことはない)

「理子。言ったとおり、羽田に着いたら日本スキー連盟の方が待っているからね」

永井コーチはあくまでもにこやかだった。

「はい」

永井コーチを経由してもらったレジュメの中の日程表によると、東京で二日ミーティング等をしてから、長野に向かうというスケジュールだった。

レジュメには、ジュニア代表の名簿があった。理子は彼らを全員知っていた。テレビで放映される大きな大会に出場していたり、実際の大会で顔を合わせたこともある。それこそ、冬のシーズンで理子が準優勝した大会にエントリーしていた名前もちらほらあった。

そのとき四位だった選手の名を、理子はじっと見た。

斉藤麻美(さいとうあさみ)。

——あなたには弱点があるわ。私にはわかる。

あれは、彼女に言われたのだった。

——選手としてとても重要な経験を、まだしていない。今はちやほやされてるけれど、いい気にならないことね。

それはなにかと訊く前に、彼女は去っていってしまった。理子の後ろにいたさつきも、あまりの言いように、しばしあっけにとられてから、

——なに、あれ。すごい嫌な感じだったね。いい気になんてなってないのに。きっとやっかんでるんだよ、理子のほうが飛んだから。

と、理子のかわりに頰をふくらませたのだった。

ただ、いい意味で単純なさつきは、すぐに腹立たしさを忘れたようで、斉藤選手の言葉についてもその後一切話題に出さなかった。理子自身も、自分の体つきにはっきりと違和感を覚え始めるまでは、そんなこともあったという程度の記憶だった。

（もしかして、斉藤さんは私の体が変化するのを察知していたのかもしれない。その変化がジャンプに影響を与えることも）

「君にはみんな、大きな期待をしているよ」

永井コーチが軽く肩を叩いた。

（ううん、失敗できない）

理子は心にわく黒雲を意地で押さえこんで、頷いた。

（せっかく選ばれたのだから、きちんと結果を出さなくちゃ）

羽田第二ターミナルの出口には、予定どおり連盟の関係者が待っていてくれた。理子の顔を見るとすぐに近づいてきて、荷物を半分持ってくれた。

「初めまして。でも君のことはジャンプ関係者ならみんなよく知っているよ」

鈴木さんという男性は快活にそう言った。

「ありがとうございます。よろしくお願いします」

「知ってのとおり、女子ジャンプはソチオリンピックから正式種目になった。今回招集したのはジュニアチームだが、君たちには平昌(ピョンチャン)をしっかり視野に入れてほしいと思っている。そういった心構えも、ミーティングでヘッドコーチから聞かされるだろう」

「はい」

「小山内くんはまだ中学生の上に、初めての招集だから戸惑うこともあるかもしれないけれど、言うなれば、将来を期待されている選手はだれもが通る道なんだ」

鈴木さんが運転するスキー連盟のバンに揺られ、理子は東京で過ごす施設へと向かった。施設に到着し、部屋に案内された。狭いけれど個室だった。

理子にあてがわれた部屋のベッドの上には、ＳＡＪのロゴが入ったウエアなどが一式載っていた。

「最初のミーティングが、午後の三時から第二会議室で始まるから、遅れないように」

一人になって、理子は日本代表チームの象徴であるようなそのウエアを手に取った。緊張と高揚がないまぜになって、理子自身、嬉しいのか怖気づきかけているのか、よくわからなかった。

ビニールを破いて、中のウエアを取り出す。ジャージとTシャツ、冬用のウィンドブレーカー、キャップ、タオルなどがあった。一つ一つに、名前も小さく入っていた。

四月、永井コーチに呼び出されたときに、資料を渡された。その中に返送が必要なものがあった。身長や体重、胸囲など、体のサイズを問われるものだった。

(あれは、こういったウエアの用意に必要だったのかな)

ふと、嫌な予感が頭をよぎり、理子はTシャツの上からジャージの上着をはおった。前のジッパーを上げてみる。

(やっぱり)

胸のあたりが、ちょっときつい気がした。

ジーンズも脱いで、下を穿(は)いた。

洗面所の鏡で確認してみる。

わずかではあるが、胸の下には横にしわがより、窮屈そうなのが見て取れた。お尻と太股も、布がぴったりと体の線を浮き立たせて、どこにも余裕はなかった。

理子はジャージを脱ぎ、元の服装に着替えてミーティングに出た。

第二会議室は教室程度の大きさだった。長机が五つずつ二列に並べられ、その奥にホワイトボードがあった。

長机の上にはレジュメが置かれてあったが、特に席は決まっていないようだった。

すでに着席している人が一人いた。その人が、こちらを振り向いた。

斉藤麻美選手だった。

「小山内さん」

彼女は自分の横の空いている席を指し示した。「私が嫌じゃなかったら、ここどうぞ」

今年度に入って、斉藤選手は北海道内の私立大学に進学したはずだった。名簿の所属先が、その大学のスキー部になっていた。薄く化粧をした顔。柔らかそうな丸っぽい輪郭に、アーモンド形をした二重の瞳が印象的にきらめいている。化粧のせいか、彼女の瞳は記憶より大きく見えた。メイクを施した彼女は、理子がジャンプを飛び始めた時分に一世を風靡(ふうび)していた愛くるしい容姿の歌手に、少し似ていた。大会でしか目にしたことがなかった彼女の、違う一面を、理子は見た気がした。

(女の子っぽくてかわいい人だったんだな)

挨拶をしてから、理子は斉藤選手の隣に座って、レジュメに目を落とす彼女の横顔や、腰回り、Tシャツからのぞく二の腕などを眺めた。

斉藤選手は理子が思い描く理想の体型——成長期の少年のような——では、決してなかった。

（普通の人よりは細いけれど、ちゃんと、女の人の体だ。胸もふくらんでいて、大きい……）

ふと、斉藤選手が笑った。

「なあに、小山内さん。私を観察して楽しい？」

「あ、いいえ……すみません」

「なにか気になることでもあるの？」

そう言った斉藤選手は、仕返しをするかのように理子の体を舐めまわすように見た。

「……体型、少し変わったのね」

斉藤選手に指摘され、理子はうつむいた。

（やっぱりわかるんだ。どうしよう、なんだか恥ずかしい）

そんな気持ちを読みきったみたいに、斉藤選手は長机に頬杖をついて、

「恥ずかしいの？　特別なことじゃないのに。子どもね」

と、唇の端を上げた。

「小山内さん、あなたは招集メンバーの中で最年少よね。いい機会だから、この合宿で女

子選手の体を見るといいわ。ワンピースを着ていない、女子選手の体つきを。ジュニアとはいえ、私みたいに大学生ともなると、ちゃんと体型変化は終わっているから」

「体型変化……」

「あなた、それが気になって仕方ないんでしょ？　もっと言えば、怖いんでしょう？　体が変わることによって飛べなくなるんじゃないかって。あなた、一年前くらいまでは本当に良い体型をしていたし」

言い当てられて、理子はいっそう下を向いた。

斉藤選手がまた小さく笑った。

ほどなく、招集メンバーが次々と会議室に入ってきた。すでに顔見知りである斉藤選手と彼らは、気さくにあいさつを交わした。

「小山内さん？」

理子も話しかけられた。顔を上げると、見覚えのある高校生ジャンパーがにこにこしていた。

「そうだ、今回からあなたもメンバーだったね。よろしく」

「でもきっと小山内さんなら、すぐにジュニア枠から上に行きそう」

「そうだよね。今でも私たちより記録を出せるもの」

「私、いつ小山内さんがメンバー入りするのか、じりじりしながら待ってたのよ」

永井コーチと似たような言葉に、なんと応えてよいかわからず、ぎこちなく微笑んだ理子の隣で、斉藤選手が三度目の笑い声を漏らした。

ジュニアチームのヘッドコーチが入室してきて、ミーティングは始まった。

理子たちはまず、ジュニアとはいえ日本ナショナルチームの一員であることの自覚を強く求められた。それから今後の詳しいスケジュールの確認、フィンランド女子ジュニアジャンプチームの概要が説明された。

「君たちは、将来を嘱望されているからこそ、ここにいる。やがてはナショナルチームの一員として世界と渡り合ってもらいたい。互いに切磋琢磨し、できるかぎりの研鑽をして、合宿後の大会で見事な結果を出すことを期待している」

最年少で一番新入りの理子だったが、成績という点においては、ミーティングが始まる前に言われたとおり、ここにいるジュニアメンバーの誰と比べても遜色ないはずだった。

でも、このような場にいかにも慣れているといった雰囲気のメンバーに囲まれ、若干気後れを覚えているのも事実だった。

（失敗できない）

理子は空唾を飲んだ。

専用のマイクロバスで白馬村の合宿施設に着いてすぐ、先に到着していたフィンランドチームとの顔合わせがあった。

フィンランドの女子ジュニアチームは五人だった。

四人が理子より年上で、一人が同じ歳だった。

その、イナ・イビレンコという名の選手を一目見て、理子はさつきを思い出した。

金髪を後ろに一つで結んでいるヘアスタイルだけでなく、体格がさつきにそっくりだった。

欧米人は東洋人よりも肉体的成熟が早い印象があったが、イナ選手は背こそ理子より高かったものの、手足が長く、適度に痩せていて、ひょろりとした体だった。

胸やお尻に無駄な脂肪がついているということもなかった。

(できることなら、こんなふうになりたかった)

ここ半年で一気に失ってしまった、理想の体型を目の当たりにして、理子はこっそり唇をかんだ。

白馬のノーマルヒルで、イナ選手は誰よりも飛んだ。

彼女が飛んでくるのを、理子はブレーキングトラックの横から見ていた。

K点を余裕で越えて、どんな台でもヒルサイズにまで届くのが当たり前とでもいうように。

まるで数学の優秀な研究者が、小学校一年生の足し算の問題を解くように、軽々と。

彼女はブレーキングトラックの端まで滑って止まり、満足げに微笑んでスキー板をはずした。そして近づいてくると、通りすがりざま、理子に軽く目くばせをした。

――あなたはどんなジャンプを飛んで見せてくれるの？

そう言いたげな空色の瞳だった。

日本のジュニアチームも順次飛ぶように指示され、理子はスタートへと向かうリフトに乗った。

板を抱え、リフトで上へと運ばれながら、理子はイナ選手のジャンプを頭の中で繰り返しさらった。

（誰かに似ている）

答えはすぐにわかった。

（さつきのジャンプだ）

さつきのジャンプをもっと洗練させて、うんと場数を踏ませたら、イナ選手のジャンプになる気が理子はした。

（今の私は、あんなふうに大きく飛べるだろうか）

ジャンプナショナルチームのジュニアメンバーに指定されて、喜んでくれた永井コーチ。かっこいい、来年は自分もそうなりたいと言ったさつき。二人のことが次々に頭に浮かんでは消え、そのたびに心の中に不安の靄がかかる。

（失敗したくない）

K点が九十メートル、ヒルサイズが九十八メートルのこの台を、イナ選手は最初のジャンプで九十七メートル飛んだ。非公式とはいえ、素晴らしい記録だ。風はそれほど吹いていない。コンディションはごく普通だ。

他の選手はK点に届くか届かないか、というところだ。

リフトを降りて、スタートゲートの脇で順番を待つ。理子の前は斉藤選手だった。

「イナ・イビレンコ選手、すごいわね」

斉藤選手が冷静に言った。「さっき、フィンランドチームの一人に訊いたの。彼女、昨季あたりから急激に伸びて、今回初めてジュニアチームに招集されたんですって」

斉藤選手は大学生だ。英語でコミュニケーションが取れたのだろう。

「急激に……ですか」

「でも既にジュニアレベルじゃない。ワールドカップの表彰台常連候補に、一躍躍り出たって感じね、あのジャンプを見る限り。誰も彼女を超せていない」

一人選手が飛び出し、理子と斉藤選手は階段状の待機場所を一段上にずれる。

「……それとも小山内さんが超すかしら。どう、自信のほどは」

イナ選手のスタートから、ゲートは変わっていない。

「この前の冬のシーズン、吉村杯であなたが飛んだのを見たわ。その他の大会も、あなたのジャンプ、見られる限りチェックした。みんなが注目するのも納得だった。私が四位で終わったときのあなたのジャンプ……準優勝したジャンプ、今でもときどき思い出すの。ま、あなたにはわからないでしょうね。下の子に抜かされる悔しさと焦りなんて……」

斉藤選手が次のスタートだ。彼女はゴーグル越しに理子をちらりと見て、口角を上げた。

「ほんっとう、懐かしいわ」

言い残してすぐにゲートに座ってしまった麻美に、もう言葉はかけられない。

(懐かしいって、どういうことだろう?)

コーチングボックスからの合図で、斉藤選手はスタートしていった。

失敗ジャンプではないことは、飛び出しから接地する音までの間でわかる。

「斉藤、いいぞ」

コーチの声が飛ぶ。

「麻美、調子いいみたいね」

次のスタートを待つ選手らが、笑い合っている。

理子は落ち着こうと自分に言い聞かせて、ゲートに座った。鼓動は今までのどんな試合よりも速いリズムを刻み、息苦しくなるほどだった。どうしていいかわからず、とりあえず理子は深呼吸をした。

カンテからは、なにも吹き上げてはこない。

スタートの合図が出された。

風は、呼んでくれない。

一瞬、さつきの笑顔が脳裏をよぎった。

理子は意を決してゲートを離れた。

スキー板がアプローチをうまく滑っていかない気がする。

いつもよりもスピードが出ない気がする。

（落ち着いて）

理子は自分に言い聞かせる。

（少しくらい遅くてもいい。しっかり踏み切ることさえできれば）

（タイミングをはかって）

アプローチの傾斜が緩くなり、カンテに差し掛かる。およそ十度下向きの斜面。それが唐突に途切れる。

板の先がカンテから出る。

（今？）

一気に腰を上げて飛び出そうとした瞬間、理子は迷った。

ほんのわずか。

でも、そのほんのわずかがすべてを決めてしまうことを、ジャンパーなら誰だって知っている。

理子は空中で体勢を整え、板をV字に開き、少しでも正面からの空気を受け止めようとした。だが、それはすでにむなしい努力でしかなかった。失敗という結果は接地する前からわかっていた。

テレマークは入ったが、K点は越えられなかった。理子はそれよりも五メートル以上手前に降りた。

悔しくて恥ずかしくて、理子はうつむいた。全校生徒が見ている前で丸裸にされた気分だった。

(次は、誰よりも飛ばなくちゃ)

自分が受けてきた期待のこもった称賛を思い出す。試合となると、足を運んでくれる町の人がいる。理子ちゃんみたいになってほしくてと、子どもを少年団に連れてきたお母さんもいる。

最初に吉村杯のテストジャンプを飛ばせてもらえたのは、永井コーチの働きかけがあったからこそだ。それほど見込んでくれたのだ。

遠藤コーチにも、他のコーチにも、保護者の人にもお世話になった。

それに――さつき。

もしも今の失敗ジャンプをさつきが見たら、なんて言うだろう。

(さつきに見られたくないジャンプなんて、絶対に飛びたくない)

理子はスキー板を担いで、リフトへ向かった。

(踏み切りが遅かったんだ、今度はもうちょっと早く。あと空中姿勢も……)

リフトを降りてスタートを待つ。また、斉藤選手と一緒になった。

彼女はもう、なにも話しかけてこなかった。

理子の前で、斉藤選手は再び良いジャンプをした。

理子は失敗した。

意識しすぎたのか、踏み切りのタイミングが早すぎたのが原因だった。

その後、何度飛んでも理子は満足のいくジャンプができなかった。

失敗ジャンプが頭に残り、これが駄目だったから次はこうしよう、ああしようとあがくうちに、わけがわからなくなった。

これほどまでに上手くいかなかった日は、いまだかつてなかった。

(ちょっと前までなら、体がわかっていた)

このタイミングでと頭で考えることもなく、自然に体が動いて踏み切り動作をしていたのだ。

だったら考えるだけ無駄だと、頭の片隅で小さな声がしたが、声はあまりにか細すぎて、理子の頭はすぐに自分の失敗ジャンプのことでいっぱいになる。

　コーチからは、踏み切りのタイミングのことを何度も言われた。

「緊張しているのか？　いつもどおりに飛べばいいんだよ」

　そして、優しく励ましてくれた。

「君の実力はみんな知っているんだから」

　夕食時間、理子はのろのろと施設の食堂に行った。全然食欲がなかった。けれども、なにも食べないわけにはいかない。ちゃんと消費カロリーと、ジャンプ選手としての必要な栄養が計算されて作られた食事を、理子は薬と思って口にした。

「疲れたね、小山内さん」

　高校生の選手が、気を遣ったのか話しかけてきてくれた。「あんまり疲れすぎると、食べたくないよね」

　食堂の半分はフィンランドチームが使用していた。彼女たちにもちゃんと食事担当の係員がいて、別のメニューを食べていた。

　彼女たちを見ていたら、片手でトレイを持ったイナ選手と目が合った。

　空色の瞳はしばらくの間理子を見つめて、それから他の仲間へと逸らされた。

　彼女はそのチームメイトになにか話しかけた。

声はほとんど聞こえなかったし、仮に聞こえたとしても、理子に外国語の内容が理解できるはずはなかった。

が、話しかけられた選手がイナ選手とともに、もう一度視線を理子に戻したから、わかった。

イナ選手は自分のなにかについて、仲間の選手に話しかけたのだ。

彼女たちは斉藤選手のようにくすっと笑った。

そのとき、トレイを持たないほうのイナ選手の手が、軽く胸元を触る仕草をした。

合宿施設では二人で一つの部屋を使った。室内はシンプルで、ビジネスホテルの部屋みたいだった。

理子のルームメイトは斉藤選手だった。

斉藤選手がシャワーを先に浴び、ベッドの上でゆっくりと柔軟運動を始めた。髪の毛をタオルで覆った彼女は、ターバンでもかぶっているみたいだった。斉藤選手はパジャマではなく、Tシャツにゆったりとしたハーフパンツを穿いていた。脚を広げて座った彼女が、そのまま上体を前に倒すと、豊かな胸がベッドについた。

理子はシャワーを浴びながら、不本意に大きくなっていく自分の胸を睨んだ。

浴室から出てきた理子に、まだ柔軟を続けていた斉藤選手が独り言のように言った。

「あなたを見ていると、懐かしいわ」

——ほんっとう、懐かしいわ。

すぐに、ジャンプの順番待ちをしている間に彼女が言い残した言葉を思い出した。

「どうして、懐かしいんですか?」

濡れた髪をタオルで押さえながら、理子は訊いた。斉藤選手は頭のタオルをとり、両手を座ったお尻の後ろについて、天井を仰ぐ姿勢をとった。

「小山内さんは、私の中学時代なんて知らないでしょう?　私があなたくらいの年齢だったころ」

今から五年ほど前といったところか。理子はすでにジャンプを始めていて、周りから上手い上手いと言われだしていた。

斉藤選手の言うとおり、理子は彼女の中学時代を知らなかった。同じ小学生の選手なら、甲斐選手などと顔見知りだったが、そのころの理子は、自分さえ遠くに飛べばいいと思っていて、年齢の離れた選手に興味がなかった。

「こう見えて私、中学一年生までは、ちょっと前のあなたと同じような体つきだったのよ。一年生で全中で優勝したんだから」

「えっ」

「でも、二年になった途端、体つきが変わり始めたわ。胸もお尻も急に大きくなってしまって、ものすごく戸惑った。自分の体が自分のものではない気がして……二年のときの成績なんて、ひどいものだった。全中で優勝したときはジュニア代表に選出されるんじゃないかって思ってたのに、そんな期待なんて瞬く間に消えたわ」

斉藤選手は天井から視線を理子へと移した。

「あなたは選ばれてよかったわね。ま、今日は本調子じゃなかったようだけど。明日に期待しているわ。私を負かして準優勝したときのようなジャンプを見せてね」

理子は黙りこくった。

斉藤選手は身軽な動作でベッドから降り、手にしていたタオルを窓の近くの椅子の背にかけた。

合宿の間、理子の頭から踏み切りへの迷いが消えることはなかった。

それは当然、飛距離になって如実に表れた。

踏み切りについては、コーチたちから再三注意やアドバイスを受けた。だが、上手くはいかなかった。むしろ飛べば飛ぶほど失敗のイメージが積み重なり、理子を混乱させた。

全日本ジュニアの代表として白馬で飛んだジャンプの中で、結果に満足を覚えたものは、ただ一つとしてなかった。

――小山内さんって思ったほど大したことなくない？

そんなささやきが聞こえる気がした。

（こんなの、私じゃない。私に、一年前、せめて半年前の体があれば）

受け入れがたい思いを胸に、理子は帰途についた。

夕方、旭川空港に迎えに来てくれた永井コーチは、理子をまっすぐ家まで送ってくれた。

「疲れているだろう？　スキー板や靴は元のようにロッジに戻しておくから」

ありがとうございますと、後部座席で目を閉じたまま理子は呟いた。

玄関を開けると、熱した油の匂いがした。

「お帰り、理子」

智子がエプロンの前で手を拭いながら、笑顔で迎えに出てきた。「今日は鶏の唐揚げにしたよ。おまえ、大好きだからね。今から揚げるから、熱々のところを食べられるよ。さあ、着替えておいで」

「唐揚げ……」

理子は荷物を玄関の上がりかまちに置いて、リビングに入った。ソファの父は読んでいた夕刊を膝の上に下げ、「おう、おかえり」と笑った。理子はリビングから続くダイニングの奥を見た。ガスコンロの上に、てんぷら鍋がかけられている。匂いと爆ぜる音で、油がたっぷり入っているのがわかる。智子が「そろそろいいかしらね」と鍋に近づいて、横に置いてあったボウルと菜箸（さいばし）を手にした。

「……なんで、唐揚げなの？」

「えっ？」

振り向いた智子の顔に、理子は我に返った。すぐさまリビングを出て、荷物を持ち、二階の自室に駆け上がる。

電灯をつけなくても、理子が今まで手にしてきたトロフィーや盾の類が目に入る。最初は机の上に置いていたのに、どんどん場所がなくなって、今は本棚の半分ほどを使って並べている。

それらの輝きは、窓から入り込む街路灯のたよりない光のせいで、ひどく味気ない。

電灯のスイッチをオンにする。味気ない輝きは、空々しいものに変わった。

理子は乱暴にカーテンを閉めた。

部屋着に着替えてリビングに降りると、智子がダイニングテーブルの中央に大皿を置いたところだった。大皿には一つ一つが大きな鶏の唐揚げが、富士山みたいに盛られ、湯気を立てていた。

（なんで、あんなに）

「手は洗った？　ならほら。かけて食べなさいな。揚げたてよ。お腹空いたでしょう？

お父さんもご飯よ」

椅子に座った理子の取り皿に、智子が唐揚げを二つ三つと箸でのせる。

「理子、お疲れさまだったね。合宿はどうだったの？」

（うるさい、なにも話したくない）

「唐揚げ冷めちゃうわよ。ほら」

（食べたくない）

智子がふと声音を変えた。「どうしたの？　なにかあったの？」

目の奥を覗き込んでくる智子に、理子はかぶりを振った。「なんでもない」

取り皿に置かれた唐揚げを一つ箸で取り、口に運ぶ。前歯で噛むと、ニンニクとショウガの風味とともに、豊かな肉汁が滲み出る。柔らかい。理子が大好きな智子の味付けだ。

一つ食べた理子を前に、智子は嬉しそうに「ほら、もっとあるよ」とまた唐揚げを皿にのせてきた。父は「理子の好物だもんなあ。お父さんとお母さんはそんなにいらないから、腹いっぱい食べなさい」と目を細めた。

フィンランドの選手たちはどうだったの、ジュニア代表の仲間とは仲良くなれたか――両親の矢つぎばやの質問をよそに、理子は皿の上の唐揚げを必死の思いで食べ続けた。食べないとここから離れられないと思った。

ご飯と味噌汁、サラダ、唐揚げを四つ食べて箸を置くと、智子は「あら、あんまりお腹空いていなかった？」と頭を少し傾けてから、「お母さん、ここ片付けたらお風呂の準備をするから、テレビでも見ながら待っていなさいね」と言った。

理子はテレビをつけずに、リビングを出た。ドアの向こうに耳を澄ませると、両親がわりと明るい声で自分の帰宅を話題にしているようだ。日に焼けたとか、少し疲れているようだという言葉が聞こえた。

みぞおちの上に手を当てた。この中に、さっき食べたものがある——理子はそれらを思い出した。すると首の周りが熱くなり、背中に汗が出てきた。てんぷら鍋の油の量を想像した。もっと汗が出てきた。

理子はトイレに入った。便座には座らずに、前に膝をついた。

(あんなに食べてしまった)

(お母さんのせいだ)

身を少し前方へ乗り出す。少し口を開ける。その隙間に、右手を近づける。

(なにをしようとしてるの)

(でもこのままだと、また体が)

理子は思い切って口の中に手を突っ込んだ。

信じられないほどの苦しさがこみ上げてきて、理子は目をつぶった。前歯が、人差し指の付け根に当たった。

水で全部流して手を洗うと、少し落ち着いた気がした。歯が当たったところが傷になっていた。

「理子、どうした、大丈夫か」

翌日に全日本A級公認のサマージャンプ大会を控えた、八月半ばの土曜日。会場となるシャンツェでの練習で、ノーマルヒルを一本飛んですぐに、永井コーチが声をかけてきた。

「怪我はないか？　膝はどうだ」

ジャンプを見ていた少年団員らが、ざわめいている。

接地でこらえることができず、理子は後ろにお尻をついてしまったのだった。テレマークを入れられず尻もちをつく形になると、股関節や膝に大きな負担がかかり、負傷の原因になる。周囲を安心させるよう、ブレーキングトラックで理子はすぐに立ってみせたが、痛みはどこにもないものの、体はひどく重く感じた。

失敗したのは、踏み切った時点で理子もはっきりわかっていた。K点に届かず接地してしまったし、空中にいるときはずっと落ちている感じだったのだ。

会心のジャンプを飛べたときは、揚力を感じ、ちゃんと宙に浮きあがる、飛ぶ感覚があるというのに。

（体重は少し減ったはずなのに）

合宿からの不調が続いたまま、理子は大会を迎えようとしていた。

「どこか、具合でも悪いのか？」

理子は首を横に振った。

(ただ、思うようにいかないだけ)

去年ならば、当たり前のように、「ここだ」というところで自然に立ち上がった体が、やっぱり嘘をつく。スピードや重力、空気抵抗、カンテの傾斜角などの感覚が、めちゃくちゃに思える。

加えて、接地で尻もちをついてしまったように、踏んばりがきかない。空中でも姿勢を保てなくてふらついた。理子は力がうまく入らない太股やお尻を、手のひらで叩いた。

「……もう一本飛ばせてください」

理子は絞り出すように言った。

(次は上手く飛べる——そんな自信はちっともない。でも)

アプローチを滑る音に顔を上げる。さつきが飛んでくるところだった。

さつきは悠々とK点を越えてきた。

(イナ選手みたいだ)

そのさつきがブレーキングトラックで板を脱ぎ、心配顔で駆けよってくる。

「理子、どうしたの?」

理子の失敗を、さつきはスタートゲートにいながら接地音で悟ったのだろう。コーチの声も聞こえたはずだ。

（さつきに心配をかけるなんて）

理子は必死の思いで笑ってみせた。「なんでもない。ちょっとタイミングがずれちゃって」

「ランディングは？」

「……よろけちゃっただけ」

「そうなんだ」

（次も失敗したら、どうごまかせばいいんだろう）

「全日本ジュニアの合宿の疲れが、まだ残ってるのかな？」

無邪気にそう言うさつきに、たまらなくなってしまい、理子は練習をやめた。

不調の前には、今まで積み上げてきた自信など、あっけないものだった。

（そもそも、こんなにジャンプができなくなったことなんて、今までになかった）

少年団に入団して以来、ずっと順風満帆だった。

（こんなふうに、私がつまずくなんて）

大会前の夜、理子はまったく眠れなかった。こんなことも初めての経験だった。

「理子ちゃん、新聞に出ているよ」

大会についてきてくれた保護者の一人が、朝、コンビニで買ってきた地元紙を見せてくれた。

『期待は沢北町ジャンプ少年団の小山内選手』

記事によると、この大会、理子は優勝候補の一角と目されているようだった。ワールドカップを転戦するレベルの選手は、遠征があって参加していなかったのだ。社会人選手やジュニア代表の選手はエントリー済みだが、それでも一番の注目は、半年前の冬の大会で一躍知名度が上がった理子だった。

中学二年生の新星が、表彰台の一番上に立つのではないか。

小さな記事だったが、そんな期待が透けて見えて、理子の口の中には酸っぱい唾液がわいた。

(ジュニア代表の合宿で散々だったことは、知らないんだ)

会場入りしてみれば、報道の腕章をつけた大人が、いつにも増してうろついていた。

「すごい。きっとあれ全部、理子目当てだよ」

さつきが浮かれたように笑った。「なんだか、タレントとか国会議員みたいだね。理子」

「私はそんなこと、望んでいない」

言って、理子ははっとした。さつきがびっくりしていたからだ。言いようのない不安と焦りで、つい口調が荒くなってしまったようだと悟った理子は、「ごめん」と小さく謝った。

「どうしたの、理子」

「……ごめんね」

「まさか、どこか痛いの？」

自分に注がれるさつきの、純粋に心配してくれている眼差しに、理子はますますいたたまれなくなる。Tシャツにジャージ姿のさつきは、ジャンプ選手として恵まれた体を、理子の前に惜しげもなくさらしている。合宿中会わなかった間に、また背が伸びたんじゃないかとすら思う。

「ごめん、なんでもないの」

理子は無理に笑った。「ワンピース、着てしまおうか」

「うん」

頷いたさつきの頭の後ろで、結んだ髪の毛が跳ねた。

ワンピースに足を通し、お腹より上ははだけたまま、手にはヘルメットとゴーグルを持って選手控室を出ると、やっぱり理子は報道関係者に囲まれてしまった。

「試合前にごめんね。小山内選手、今大会の自信は？」

「記録はどの程度まで狙っているの？」

ごめんなさいと何度も言いながら、理子は顔をうつむけてマイクやカメラを持った人たちの間をすり抜けた。

試合に同行してきている団員の保護者たちから、少し離れている智子の姿を見た。

（シミュレーションをやりたい）

なにかしていないと、不安に押しつぶされそうだった。

永井コーチと遠藤コーチの姿を探す理子の目に、その人の姿が飛び込んできた。

斉藤選手だった。彼女もこの大会にエントリーしていたのだった。

斉藤選手はちらりと微笑んだようだった。そしてそのまま背を向けて、大学の仲間と思しき一人とスキー板の手入れを始めた。


大会終了後、マスコミが囲んだのは優勝した斉藤選手だった。

さつきはのびのびと飛んで、三位に食い込んだ。さつきにもインタビュアーが群がった。

甲斐選手は五位だった。彼女は転倒を乗り越えて、着々とまた実力をつけつつある。

理子は七位だった。

表彰台を逃したどころか、初めてさつきと甲斐選手に公式試合で負けた。

二本とも、やはり踏み切りが上手くいかなかった。飛型点はそこそこだったが着地で乱れ、なにより飛距離があまりに伸びなかった。

（私がいない表彰式）

理子は人目を避けるように、ブレーキングトラック横にある施設の、非常階段の踊り場から、栄光を手にした選手らを見つめた。

表彰式を取り巻く人々の中には、智子もいるだろうと理子は思った。

(表彰式を外から見るのは、たぶん、初めて試合に参加したシーズン以来だ)

ジャンプを始めたての、まだ子どもの時分だったから、悔しさを胸に抱えてそれを見たという記憶はない。

(ジャンプをやるようになって、こんなに辛い思いをしたこと、今まであったかな)

カップを受け取る三人の選手の像が、理子の目に浮かぶものでゆがんだ。

(さつきに負けてしまった)

――私は待たないよ。

待ったつもりなんて一つもなかった。いつだって自分のできる限りの努力はしてきた。

さつきに図抜けた天分があるのは、わかっていた。信じられないスピードで伸びていく姿を目の当たりにして、やがて確信した。

私が受け取り続けてきた言葉は、私よりもこの子にふさわしい。

あの夏の日、道憲に告げた重く強い言葉を、誰より信じていたのは理子だった。

だからこそ、恐れながらも懸命に走ることだってできた。

(いつか、こんな日が来るかもしれないとは思っていた)

でも、こんなに早く来るとは思っていなかった。

自分がこんなふうに、無残に崩れてしまうとも。

（どうして、誘ってしまったんだろう）

さつきさえ、あの表彰式の場にいなければ、ここまで悔しくない気がした。ここまで情けなく、いたたまれない気分にさいなまれないだろうと思った。さつきの体型が羨ましかった。フィンランドのイナ選手にそっくりの体つき。あの体型が自分のものだったらどんなにいいか、どうして自分の体は急激に変わってしまったのかと、己を憎み、わりとふくよかな体型の智子もうらんだ。

（負けるって）

手のひらを返したかのように、自分に見向きもしなくなった報道の人たち。

勝たなければおまえにはなんの価値もないのだと、そうあざけられている気がした。

（負けるって、こんなに辛いことだったんだ）

理子は濡れた頬を手のひらで拭った。

（せめて、さつきには笑っておめでとうって言おう。それこそ、いつもさつきが私に言ってくれていたように）

さつきに祝福の言葉をかける心の準備をするために、表彰式に背を向けて非常階段を降り、施設の陰に隠れて座ると目をつぶった。

唇を震える前歯で噛みしめながら、理子はTシャツの中に潜むいまいましい二つのものに、きつく爪を立てた。

（痛い）

そこで理子は気づいた。

優勝したのは斉藤選手だ。

合宿中にもずっと見ていたから知っている。彼女は今の理子よりもずっと、女性らしいスタイルだ。胸もお尻もある。

なのに、今回優勝した。合宿中も調子が良かった。

――あなたには弱点があるわ。私にはわかる。

――選手としてとても重要な経験を、まだしていない。

（もしかしてあれは……麻美さんが言った弱点と重要な経験って……）

理子は立ち上がった。

どうしても、頭に浮かんだ考えの答え合わせをしたかった。

そしてできることなら、教えてほしかった。彼女がどう対応したのかを。

表彰式が終わり、ようやくマスコミから解放されて選手控室へと戻ってきた斉藤選手を、理子はすがりつくように呼びとめた。

「麻美さん、待ってください」

斉藤選手の後ろからこちらへ向かって来ていたさつきと甲斐選手が、目を丸くしているが、そんなことには構っていられなかった。理子は申し訳ないと思いながらも、斉藤選手を施設の裏の人目につかない場所に引っ張った。意外にも彼女は、なにも言わずについてきた。

夏草が青い匂いを放つ中で、理子は尋ねた。

「いつか麻美さんが私に言った弱点、選手としての重要な経験って、もしかしたら体型が変わることですか?」

斉藤選手は、くっきりとしたアーモンド形の目を理子へと向けた。

「麻美さん、中学一年のときは、昔の私みたいな体型だったって言っていましたよね。でも今は違います。体型変化の乗り切り方、これが重要な経験ということですか?」

「小山内さん?」

「そういう変化を経て、今日優勝という結果を出した麻美さんなら、乗り切り方を知っていますよね。お願いです、教えてください」

理子は必死だった。この辛さからどうやったら抜け出せるのか、なんでもいいからアドバイスが欲しかった。

「私も今、体がどんどん変わって……そのせいで、どうしても上手くいかなくて。自分なりに体重をコントロールしようとはしているんですけど」

ふん、と斉藤選手が鼻を鳴らした。

「……小山内さん。時期が来れば、女の子の体は程度の差はあれど変わるものよ。けれども変化は生理的なことで、選手生命に関わるものではないわ。仮に一時的に不調になったとしても、大体はその時期の成績や体型と上手くつきあいながら過ごして、半年や一年くらいでまた安定していく。誰だってそうよ」

「でもさっきや、イナ選手は……」

「恵まれた体型のままでいられる人も、中にはいるかもしれない。でもそんなのは本人が努力したからでも、他の人が怠けたからでもないわ。有利な体型というのは確かにあるけれど、それがすべてじゃない」

「そうかも知れません。けれど、私、今どうしていいかわからないんです。自分の体が自分のものじゃない気がして。教えてください、麻美さん。体型変化をどう落ち着かせればいいんですか？」

するとと斉藤選手は、呆れたように笑いだしたのだった。

「合宿のとき懐かしいって言ったの、取り消すわ、小山内さん。あなた案外バカね。勘違いもいいところよ」

「えっ？」

「私がいつか言った言葉、そんな単純な受け止め方をしていたんだ。あはは、おかしい。

うぅん、さすがは小山内選手、ってところかしら」

（あれは体型変化のことじゃない？）

斉藤選手の大きな目に、少し蔑むような色が現れた。彼女の視線は、理子の右手人差し指の付け根に向けられていた。彼女は言った。

「そんな意識じゃ、悩んで崩れるのも当然ね。体型変化をどう乗り切るかなんてことより、選手として、もっとずっと重要な経験があるのに。これを大事に思うか、それとも苦しいとだけ思うかで、その選手の行く末が決まると言っても過言じゃない。体つきがどうなんて、それに比べたら吹き飛んじゃうくらいの些細な問題だわ。なのにあなたは体型体型の一点張り。あーあ。みっともないったらないわ」

斉藤選手はざわめく晴れやかな場所を、ちらりと振り返ってから、さらに声高に言い放った。

「放っておこうと思ったけれど、あなたの視野があんまり狭くてカワイソウだから」かわいそうと憐れまれ、顔を強張らせてしまった理子を、大きな瞳が容赦なく射抜く。「一つだけヒント。あなたがとっても気にしているあの室井さつき選手ね。それ、彼女もまだよ。はい、おしまい」

「ヒントじゃなくて」屈辱をかみ殺して、理子は答えを求めた。「はっきり教えてください。それは、なんなんですか、斉藤さん」

「なんで私がそこまで馬鹿丁寧にライバルの面倒をみてやらなきゃいけないのよ。頼めば無条件で塩が送られるとでも思ってるの？　ていうか」

斉藤選手がばっさり言い放った。

「あなた、負けてプライドまで失くしたの？」

7　逃げてんじゃねえよ

「それじゃあ、最後にこれからの目標を教えてください」

　さつきは自分のほうへと突き出された細長い機械を見つめた。この記者は銀色のものを使っている。違う新聞社の人は、少し大きめの黒色だった。

　夏のシーズンの半ばから、こんなふうに簡単な一言を求められる場面が増えた。さつきになにかを尋ねる大人は必ずといっていいほど、それを持って声を拾おうとした。レコーダーというものだということを、さつきは自然に覚えた。

　半年前なら、理子に向けられていたレコーダーが、自分に差し出されている。

「冬のシーズンも大いに期待しています。頑張って」

　記者は最後にそう言って笑った。

　初めて理子よりも上の台に上ってからというもの、大会に出るたびに、いやその前日の練習から、さつきは多くの視線を感じるようになった。

（私自身はなにも変わっていないのに）

同じように飛んでいるだけなのに、それこそ理子が常にトップで、さつきがその二つ三つ下にいたときと、これっぽっちも変わっていないつもりなのに。

期待していると言われると、どうして、と思ってしまう。

夏の間、「期待」という言葉をかけられた回数は、たぶん理子よりさつきのほうが多い。今まで弾(たま)よけの後ろで楽しく自由に飛んでいたのに、急になんの前触れもなく、その弾よけが撤去(てっきょ)された感じだった。真っ向(まっこう)から吹きつけてくる「期待」という名の圧力に、さつきは戸惑い、居心地の悪いものを感じてしまう。

今日終えた夏のシーズン最後の大会——代表クラスの選手は不参加だが、高校生や大学生、社会人もエントリーしていた——でも、さつきは理子を上回り、二位として表彰台に上った。理子は九位だった。

（理子、大丈夫かな）

さつきは理子を超えたとは思っていなかった。自分はいつものように飛んでいるだけのつもりだったからだ。けれども、結果はやっぱり面白いくらいさつきについてきた。そして唐突に崩れたように見える理子の調子は、最後の大会でも戻らないままだった。

（ジュニア代表の合宿から戻ってきて、ずっと……）

理子はあまりしゃべらなくなっていた。さつきが「私で良かったら相談に乗る」と声をかけても、力なく笑って首を横に振るだけだ。

実はさつきは、理子の不調の原因に心当たりがある。斉藤選手が優勝し、理子が七位にとどまった大会の後、はからずも知ってしまった。

でも、理子の口からは聞かされない。さすがのさつきも、今の理子に「なんでも話せ」と迫ることはできなかった。理子がなにも言わないものだから、周りも好き勝手を言うようになった。

あんなに理子を持ちあげて、期待していたくせに、大会で勝てないようになると、マスコミの人たちはてきめんに手のひらを返す。

『ジュニア代表の小山内選手は飛距離が伸びず、表彰台を逃した。』

『小山内選手は七位に終わった。』

そっけなく、流すように結果だけを報じる。まったく触れられないことだってある。

さつきがインタビューから解放されて控室へ向かっている中、観客のおじさんたちが話しているのが耳に入ってきた。

「理子ちゃん、スランプだなあ」

「どうしちゃったんだろうね」

「踏み切りのタイミングなのかね?」

吉村杯のテストジャンパーで飛んだ小学生の理子を、天才と称えていたおじさんたちだった。

「お、さつきちゃん。今日も良かったよ」

おじさんのうちの一人がさつきに気づいて、声をかけてくれた。

「だんだんエースの顔になってきたな」

「ドーケン先生も喜んでるだろう？」

おじさんたちは褒めてくれる。ジャンプが好きで、少年団のメンバーみんなを応援してくれている。

けれども、そんなおじさんたちも、理子にだけはどう接していいのかわからないみたいだった。

沢北町へ帰るマイクロバスの中で、理子は静かだった。窓際の席で、ずっと窓の外の景色を見ていた。

——今日のジャンプも良かったよ。

——さつき、二位おめでとう。

いつもと変わらぬように、控室で理子はさつきを称えてくれた。

でも、それ以降はすっかり黙ってしまった。

車の中でも、隣のさつきを振り向かない。

理子の横顔からは、彼女がなにを考えているのかつかめなかった。

さつきはバッグの中からフルーツグミを取りだした。包装を開くとマスカットのいい匂いがした。

腿の上に重ねて置かれている理子の手を見つめる。

理子の手は、動かない。

さつきはそのままグミをしまった。

「……夏休み、終わっちゃうね」

そっと呟く。

理子はさつきを見ずに、小さく頷いた。

夏休みが明けたその日、理子は練習に来なかった。

次の日も。また次の日も。

いつも学校帰り、一緒に体育館へ行っていたのに、理子はいつの間にか一人で下校してしまっているのだ。

走りこみ、筋力トレーニング、シミュレーション等のメニューをこなしていても、近くに理子がいないと物足りない。

永井コーチにも休みの連絡はしていないようだった。どんぐりまなこを曇らせて、コーチは心配そうにさつきに訊いてきた。

「理子はどうしているのか知っているかい？」

さつきは首を横に振るしかなかった。

理子の母、智子とつき合いを続けている一美にも、さつきは尋ねた。

「お母さん、理子ちゃんのお母さんから理子ちゃんのこと、なにか聞いている？」

一美は少し考えてから、この町に来た当初にくらべて見違えるほどたくましくなった肩を、軽く竦める仕草をした。

「そうねえ。昨日も電話で話したけれど……特にはないわね」

どこか、はぐらかされた感じがした。さつきは詰め寄ったが、いなされてしまった。

「理子、どうして練習に来ないの？」

三日練習を休んだ理子に、さつきは翌日登校してすぐ尋ねた。「なんで？　えっと、どこか痛いの？　怪我でもした？」

（そうじゃないことはわかっているんだけど）

理子は大人びた微笑みを浮かべて、ゆっくりかぶりを振った。

「怪我なんてしていないよ。心配しないで」

言葉のとおり、理子はその日時間割に組まれていた体育を、普通にこなした。マットの上で体育教師の指名を受け、お手本としてきれいに側転する理子の体は、しなやかで柔軟だった。

（理子ってこんなに大人っぽかったっけ）

さつきは半袖の体操着とハーフパンツを身につけた理子の肢体を、つくづくと見つめた。

（でも、痩せたなあ）

「小山内さんってさ……」

端っこの方から低いささやき声が聞こえた。

「なんか今、ジャンプ全然駄目なんでしょ？」

自分のことを言われているかのように、さつきの頭の中が一瞬振動した。

「春はジュニアの日本代表に選ばれたって、新聞に出ていたのにね」

「合宿とかも行ってたよね」

「なのに、帰ってきた大会じゃ全然だったんでしょ？　お父さんが言ってた」

「町の大人はみんな、小山内さんのこと才能があるとか言ってたのにね。将来はオリンピック選手だとか」

「正直、ちやほやされ過ぎてたと思う。小山内さんもその気になってたんじゃない？」

いいきみってかんじ。

さつきはささやき声のほうを、思わず睨みつけた。そこには、クラスの中でも取り立てて目立たない、どうということのない女の子が三人いた。彼女たちはさつきの視線を受けて、そらとぼけたようにそっぽを向いた。

その子たちとは違う一人が、さつきに話しかけてきた。

「そういえば室井さん、すごいね。夏休みの大会は、小山内さんより成績良かったんでしょう？」

それはそのとおりなのだが、さつきはなんとなく肯定できなかった。でもその子はさつきの反応など気にもとめない様子で、こっそりとこう言った。

「小山内さんは、私は他の子とは違うって感じで、ちょっと近寄りがたかったけど、室井さんなら応援できるな」

（なにそれ。どういうこと？）

側転の次に、倒立からの前転をやらされたとき、理子は倒立でややふらついた。悪口をささやいていた女の子たちが、くすくす笑った。戻ってきた理子は、さつきと微妙な距離を置いた場所に立った。さつきはすかさずその距離を詰めた。

「ねえ……今日は練習に来るでしょ？」

理子は穏やかな顔をしていたけれど、さつきを見なかった。

練習用の町民体育館に行く道々、沢北町の大人には、

「あ、ドーケン博士のところのさつきちゃん」

「理子ちゃんよりも飛べるようになったんでしょう？」

などと話しかけられる。

「今度はさつきちゃんがジュニア代表に選ばれるといいね」

なんて言う人もいる。

急激に変わった自分への評価は、さつきを落ち着かなくさせる。

(理子がいればきっと少しは楽なのに)

今日も理子は、さつきがちょっと目を離したすきに下校していた。

(もう練習もしたくないのかな)

荷物を置いてジャージに着替え、理子のいない体育館を眺める。遠藤コーチが小学生の子たちを相手に、柔軟の指導をしている。

「あ、さつきちゃん」

姿を見つけられ、呼びかけられる。呼んだのは、この春入団したばかりの小学校二年生の女の子だった。

――理子ちゃんみたいに飛びたいから、入ったの。

入団当初、そう言って理子に抱きついたその子を、さつきはすぐそばで微笑ましい思いを胸に見ていた。

「あたし、さつきちゃんみたいに飛びたいな」

女の子は、明るく邪気のない声を体育館に響き渡らせた。

さつきは踵（きびす）を返して、体育館を出た。

（理子、お願い。来てよ）

確かに夏の大会では、今までのような結果を出せなかった理子だが、まさかそんなことでやめてしまうつもりなのか。

外靴に履き替え、体育館を出る。八月の下旬でも、午後の太陽はまだ夏の力を完全には失っていない。アスファルトに照りつけ、逃げ水を作る。

町の一番大きな通りへ出ると、ちょうど圭介が信号待ちをしていた。

「圭介！」

呼びかけに、この夏でまた少し大人びた印象の少年は、硬い表情で振り向いた。夏休みの間、札幌の親せきの家に泊まり、塾の夏期講習へ通っていたと、小耳にはさんだ。そういう経験が、圭介の顔から子どもっぽさを徐々に薄くしているのかもしれない。

「なんだよ、うるせえな」

「理子の家、教えて」

「え、おまえ知らなかったの？」

さつきは頷く。理子と圭介がさつきの家に来てくれたこと――正確には畑だが――はあったけれど、逆は一度もなかった。家を訪ねるまでもなかったのだ、ずっとジャンプを通して一緒にいたのだから。

「理子、練習に行ってないって本当か？」

「うん、実はそうなんだ」

夏休みが明けて以来、一度も練習に姿を見せていないことを打ち明けると、圭介の顔が
「マジだったか」といっそう険しく深刻になった。

「こんなこと、今までになかった。怪我をしているわけじゃないの。でも、悩んでる。私、心配なの。だから……」

圭介は軽く顎をしゃくった。「ついてこいよ、家まで案内してやる」

「ありがとう」

「ていうか、俺も今行くところだったんだ。さぼりがマジかどうか確かめに」

少年団をやめたとはいえ、圭介も理子のことが気になっていたのだろう。

「あいつ、ジュニアの合宿に行く前から、なんとなく変だったぜ」

「えっ、そのころから？」

驚いたさつきに、圭介ははっきりと呆れた顔になった。「おまえ、あんだけ理子の近くにいて、なんでわかんねーんだよ。本当天然っていうか、鈍感だよな。マジでおまえ、ドーケン先生の娘か？　よく理子もつきあってるよ」

なんだかひどい言われようだが、ケンカをしている場合でもないので、さつきは我慢する。

信号が青に変わり、二人で交差点を渡る。

「俺がなに悩んでんだって訊いても、あいつは答えてくれなかったけどさ」

「でも、合宿に行く前っていったら……相別町のシャンツェで練習したころだよね？　あのとき理子はいつもみたいに飛べてたんだよね」

「本人の感覚では違ってたんだろ」

通りすがる街のおばさんが、さつきに笑いかける。「ジャンプのさつきちゃんじゃない？　すごいね、夏は理子ちゃんより飛んだんだって？」

さつきがなんと応えていいかわからずまごまごしている間に、おばさんは言いたいことだけを口にして、さっさとどこかへ行ってしまった。

圭介が舌打ちする。

さつきもため息をついた。

「なんか……夏の大会が終わってから、すごい疲れる。知らないおじさんやおばさんにも、話しかけられるようになって。私はただの少年団の一人なのに、期待しているとか言われても」

すると、圭介が怒った。

「なにぼやいてんだよ、そんなことで」

圭介は道端に落ちていた石を、誰もいない前方に思い切り蹴り飛ばした。「だからおまえは鈍いんだっつーの。そんなの、ずっと理子はそうだったんだぜ。小学生のときからそうだったんだ。周りが理子本人の気持ちそっちのけで、わいわい持ちあげて、持ちあげて、天才だ、オリンピックだって言って」

さつきははっとした。

今、自分が感じている居心地の悪さは、もっと小さなころから理子が受け止めてきたものなのだ。理子は少年団ができて初めての、公(おおやけ)に注目される選手だったはずだ。身勝手な声は、もっと大きかっただろう。そしてそれは、ずっと続いていたのだ。

「反対に、そういうふうに扱われる理子のことを、よく思わないやつもいる。別に理子がちやほやしてくれって頼んだわけじゃないのにさ」

「……うん」

さつきは体育の時間を思い出した。不調に陥っている理子を、いい気味だと陰口を叩いていた女子がいた。

「あいつはさ、そういうの全部一人で腹の中に収めて消化してきたんだよ。ずっと、一人で！」

（一人で……）

理子は当時から自分に向けられる羨望や期待からも、それを快く思わない悪意からも、決して逃げなかったのだ。

さつきは、ちょっと騒がれ期待されていることにうっとうしさを覚えていた自分が、恥ずかしくなった。

(理子はやっぱり私とは違う。堂々としてる)

「そうだよね、理子は強いよね」

夏のシーズンでは確かに理子よりも成績は良かったけれど、それでもさつきは、勝ったとは思えないでいる。

「私は理子に勝ちたいと思ってきたし、今でも思っている。私、この夏の理子は、本当の理子じゃなかった気がするの」

「まあ、そうあいつに言っても、逆にムカつかせるだけだろうけどな」

「そうだね」

公正で自分に厳しい理子のことだ。どんな理由があったとしても、結果が出せなければ、それが自分の実力だと認めるはずだ。下手な同情は不快にさせるだけだろう。

「でも、俺も今のあいつは、あいつじゃないと思う。全然駄目だよ」

圭介は強い口調で断じた。

「さぼりがマジだったら、俺、理子に言ってやりたいことがある。だから、会いに行こうとしてたんだ」

理子の家は、中学校から東方向へ歩いて、十分ほどのところにあった。

こぢんまりした印象の、二階建ての家だった。モルタルの外壁に、さつきは小さなひびを見つけた。けれども玄関先には茶色やクリーム色のポットがいくつも置かれ、それぞれ色とりどりの花が咲いていた。小さな庭の芝もきれいに刈り込まれ、蔓バラのアーチもあった。誰かが心をこめて世話をしているのが一目でわかるたたずまいだった。

(この家の中に、理子がいるんだろうか)

さつきは圭介の様子を窺った。圭介は二階の一角を見上げていた。

(あそこが、理子の部屋なのかな)

日差しが、焦げ茶のトタン屋根を眩しく照らしている。

さつきは意を決して、玄関のチャイムを押した。

「はい。どちらさまですか?」

すぐに応答があったが、理子の声じゃなかった。

「理子さんの友達の、室井さつきといいます。理子さん、いますか?」

「ああ、さつきちゃん。ちょっと待っていて」

インターフォンが切られ、すぐにドア越しにぱたぱたと足音が近づいてくる。

「どうぞ、あがって。あら、圭介くんも一緒なのね」

ドアを開いてくれたおばさん——理子の母の智子——は、にこやかにそう言ってくれた。

大会でもよく団員のフォローに同行してくれる智子の顔は見慣れたものだった。やっぱり理子にはあまり似ていない。丸顔でわりとぽっちゃりした、人の良さそうな普通の女の人だ。

「あの、理子は？」

　さつきの問いに、智子は困ったふうな表情になった。

「理子は、まだ帰っていないの。でもよかったら、冷たいものでも飲んでいって。暑かったでしょ？」

　どうぞどうぞと招かれて、さつきと圭介は断り切れずに理子の家へあがった。

　智子は、ペットボトルのウーロン茶をコップに注いで出してくれた。

「さつきちゃん、お母さんから聞いたわよ。今年は小麦がよくできたって。良かったねえ」

　そうなのか、とさつきはただ思った。家の畑の収穫状況なんて、さつきは結構どうでもよいのだ。だが、そんなことを一美が智子に話しているということが意外だった。

（私が思っているより、お母さんたち、仲がいいのかな）

「さつきちゃん、お母さんからなにか聞いたの？」

　さつきはきょとんとした。「いいえ、別に」

「そうなの」

智子は心なしかほっとした顔になった。それから、

「あの子、帰りはいつもどおりなんだから」

と言った。

理子のお母さんの言葉に、さつきと圭介は顔を見合わせた。

「え、でも、練習には……」

「行っていないんでしょ？　なんとなくわかってる。どこかで時間を潰しているのねえ。困った子」

（家での理子はどんなふうなんだろう？）

とても知りたいけれど、尋ねるには戸惑いを覚える疑問に、智子はうすうす気づいていたみたいだ。問わずとも、話してくれた。

「夏の大会が終わってからも、理子はすごく普通よ。いつもと同じ。おばさんの前では」

ほっとしたのと意外という思いが、さつきの中で入り混じった。「そうですか」

「だからね、逆に心配しちゃうの。おばさんは理子のお母さんだもの。あの子が平気じゃないことくらいはわかるから」

ジャンプを飛び始めてしばらくして、あの子は一人で全部を飲み込んでしまうようになったと、智子は語った。

「理子は周りからどんなに褒められても、注目されても、なんでもないような顔をしてい

たんだから。本当は嬉しかったり、重荷だったりしたと思うんだけどねえ。だって、親の私たちですら、ああもう、そんなふうに言わないでそっとしておいて、って思うくらいだったのよ。なんだかいたたまれなくてね。でもおばさんが、やめてください、なんてしゃしゃり出られないし」

さつきは自分の知らない、まだ小さな理子を想像する。ずっと天才少女と言われ、その期待に応え続けた理子。特別な存在の理子。

転校してきたとき、すぐにわかった。圭介以外のクラスメイトが、理子を遠巻きにしていることに。

（一人ぼっちだったんだな）

あらためて思う。

「でもね、そんなあの子がすごく嬉しそうに帰ってきた日があったんだから」

智子は、さつきを優しく見つめた。「あなたが入団した日よ、さつきちゃん。あの子、本当に嬉々（きき）としてね。面白い子が入ってきた、楽しそうに何度も飛んでくれたって……あの子も楽しそうだった」

「楽しそう……」

呟いたさつきに、智子は笑って頷いた。「まるで、入団したばかりのときに戻ったみたいだったわ」

そして、さつきと圭介に「理子のことを心配してくれてありがとうね」と礼を言ってから、こう続けた。

「おばさんね、もしも理子が本気でジャンプをやめたいと思っているのなら、それでも構わない。続けたいなら続ければいい。でも、もしも苦しいばかりで、心からもうやめたいのなら、無理することはないって」


理子がどこで時間を潰しているのか、智子は知らないと言った。

理子の家を出ると、圭介が腕組みをした。

「あいつは町のみんなに顔を知られてるから、図書館とか公共の場所じゃないと思う」

「バスでどこか遠くへ行ってるってことはないかな？」

「ここんとこ毎日練習休んでんだろ？　遠くへってバス代バカになんねえよ。それにターミナルで誰かに見られるだろ」

「じゃあどこにいるんだろう……そこに行くまで歩いているのを見られても、不自然じゃないところで、日暮れまでじっとしていられるような場所……」

「あっ」圭介が声をあげた。「灯台下暗し(もと)ってやつじゃねえ？」

「どういうこと？」

「ゲレンデだよ」

圭介は自信たっぷりの顔になった。「夏場は台使えないし、人もあんまりいない。ロッジの管理でコーチとかが来たり、近くを走りこみで通りかかることもあるけど、ジャッジタワーなら隠れていられるんじゃないかな」

「タワーかあ」

さつきは建物の構造を思い出した。外に階段がついていて、登れば屋上に行ける造りだ。座っていれば下からは見えない。

「そうだね、私行ってみる」

「俺も」

二人は大急ぎで、夏場は使えないシャンツェのあるゲレンデへと向かった。

そして、さつきは見つけたのだった。

ジャッジタワーの屋上で、制服姿で塀に背をもたせかけて座り、理子は空を眺めていた。

「理子」

呼びかけると、理子は普段の大人びた雰囲気とは少し違う笑い方をした。「見つかっちゃった」

「なんでこんなところにいるの？」

理子に駆け寄って、さつきは訴える。「練習に行こうよ。永井コーチも心配していたよ」

でも理子は腰を上げようとはしなかった。ただ、微笑むだけだ。

(どうしよう、理子はどうしたいんだろう？)

(こんな理子、知らない)

さつきが屋上に膝をついたときだった。

「おまえさ、ジャンプやめんの？」

いつもより低い圭介の声が夏風に乗って流れた。「たったワンシーズン負けただけでやめんの？ 負けたまま、逃げるのか？」

理子がすっと微笑みを消して、圭介を見上げた。圭介は理子の視線にもたじろぐことなく、こう言ってのけた。

「俺、理子のことすごい強いやつだと思ってる。おまえに俺にはないジャンプの才能があることも、それ以上に真面目に努力してたことも知ってた。だから、おまえより飛べなくて悔しくても、どっかで割りきれた。こんなにすげえやつに負けるなら、仕方ないって思えた。なのに、なんだよ、そのざまはよ」

圭介は肩から下げたバッグを担ぎ直し、両手を制服のズボンのポケットに突っ込んだ。

「俺は、今のおまえみたいなやつに負けたんじゃない。少なくとも俺の知ってる理子は、負けから逃げるようなやつじゃなかった」

言いのけてから、ぼそりと付け加える。「いや、おまえがこの夏みたいに負けたことって、今までなかったけどさ」

　とにかく、と圭介は声を張り上げた。

「俺がおまえに頑張れよって言ったとき、おまえ、ちゃんと頷いたじゃん。逃げてんじゃねえよ、俺が好きになった理子は、そんなんじゃねえよ！」

「え？　え？」

　どさくさにまぎれてとんでもないことを聞いた気がして、さつきは慌てた。「え？　圭介、理子を？　理子を？」

「うっせえ！」

　圭介は顔を真っ赤にして怒鳴り、ジャッジタワーの階段を駆け下りていった。

　理子は別に圭介の言葉に動揺した様子もなく、しばらく階段方向を眺め、それから空を仰いだ。理子が落ち着き払っているので、さつきのびっくりも徐々に薄らいでいく。

「ねえ、理子。昨日も一昨日もその前も、練習休んでいる間、ずっとここにいたの？」

　さつきが問うと、理子は小さく頷いた。

「ここで、なにをしているの？」

「なにって……そうだね。圭介の言うように逃げているのかな……」

　理子は目をつぶった。「考えていたの」

「なにを？」

「いろいろ……いい天気だなあとか、まだ暑いけど、じきに夏も終わるんだろうなあとか」

きれいな指が、風にあおられるショートカットの髪を押さえる。「みんな練習しているんだろうなとか、私が飛ばなくても別にもう誰も困らないだろうな、とか」

「理子」さつきは理子の二の腕をつかんだ。「なんでそんなこと言うの？」

「なんでもなにも、事実だと思う。私より強い選手がいるなら、その選手が活躍すればいい話だもの」

理子はそれをさつきのことだとは言わなかった。でも、うぬぼれではないけれど、理子の頭の中には自分の姿があるのだろうことを、さつきは直感的に悟った。

そして、同時にこうも思った。

(私が理子よりも結果を出したことで、理子はもう自分なんて必要ないと考えているんじゃないだろうか)

「理子は……ジャンプもう飛びたくないの？」

理子は少し首を傾げてから、ゆったりと首を振った。「飛びたいけれど……飛びたくないかもしれない」

「なにそれ？」

「私もわからないの。そもそもどうして、ジャンプ続けてきたんだろう？」

立ち上がった理子が、スカートについた埃(ほこり)を手で払う。それから塀から身を乗り出して、今は影も形もない、一番小さなジャンプ台が作られる斜面を眺めた。

「始めたてのあのころに戻って自分に会えたら、私、ジャンプなんてやめておけ、やるんじゃないと言うのかな？」

「やめるなんて言わないで」

（冗談でも聞きたくない）

思わず理子の腕にすがるようにして、さつきは気づく。

（ずっと見上げていたはずなのに）

いつの間にかさつきと理子の視線は、水平の位置関係にある。

「……さつきは一人でもやっていけるよ？　大体ジャンプって一人で飛ぶものだし」

私がいなくても困らないよ、と繰り返して微笑む理子に、悲しいのかさびしいのか怒りたいのか、さつきもわからない。

「さつきなら、必ずトップ選手になれると思う。オリンピックにもきっと手が届くよ」

「私は別に、オリンピックに出たくてジャンプをやってるんじゃない」

「でも、周りが望むようになる。そうなると、自分も変わることを要求される」

「理子もそうだったの？」

理子は斜面の上から吹き下りてくる風に目を細めた。「そうかもしれない。勝てなくなった私に、もう誰も価値を見いださないだろうって思うから」

さつきはそれを打ち消そうと、激しく頭を振る。「そんなことないよ」

「ありがとう。でも、わかってるの。今のみんなの評価も……調子を落としたきっかけだってわかる。自分でもどうしようもなかった。こんなふうに自分の体が変わるなんて、想像していなかった。その点さつきは、どんどん理想的な体型になってきている。フィンランドのチームに、イナ選手っていう、とてもさつきに似ている子がいたの。彼女のジャンプ、すごく良かった。なんて軽々と飛ぶんだろうって思わされた。ほっそりしていて背が高くて、本当に羨ましい」

理子がさつきに自分の体型変化について話したのは初めてだった。でもさつきは、理子が体型を気にしているのは、知っていた。

「……さつき、あまり驚いていないね。さつきの目から見ても、私の体ってやっぱりずいぶん変わっちゃった？」

「そんな……」

あのとき聞こえた斉藤選手の声が、耳の奥によみがえる。

――なのにあなたは体型体型の一点張り。あーあ。みっともないったらないわ。

理子はバッグを肩にかけて、屋上から階段へと足を向けた。

「私、帰るね。さつきは練習に行って」

「やだ、理子と一緒じゃなきゃ」

「わがまま言わないの」

年上のように理子は優しく笑った。それから手すりをつかみながら、段の数を数えるようにゆっくりと階段を下りた。

「ねえ理子。私、どうすればいい？　私にできることがあれば、なんでもやるよ。お願いだからもう一度飛ぼうよ」

「……なんでも？」

理子が階段を降り切ったところで、さつきのほうを向いた。「なら……一つ考えてほしいことがあるの。私もずっとそれを考えているんだけれど、わからないの」

「なに？　どんなこと？」

「私、斉藤麻美選手に……」言いかけて、理子は思い直したように口に軽く手を当てた。

「ううん、忘れて。なんでもない」

「そんな。なんでもないなんて嘘だよ」

「いいの。ごめんね」

「私、頭悪いけれど、鈍いみたいだけど、考えるよ？」

しかし、さつきがどんなに促しても、理子は打ち明けかけたことを恥じるように、うつむくだけだった。意志の強い理子のことだから、こうなったらもう絶対に教えてはくれないだろう。

できればさっきの体型変化の告白のように、理子の口から直接聞きたかった。たとえなんとなく予想がついても。でも、さつきは聞き出すのを諦めた。そのかわりに、

「……なにがわからないのかわからないけど、もしそれがわかったら、理子はジャンプを続ける?」

と尋ねた。

理子はそれにはなにも答えなかった。

八月のゲレンデは、夏草の香りがした。

(斉藤選手なんだ、やっぱり)

冬に彼女から放たれた言葉は、さつきも一緒に聞いていた。

——あなたには弱点があるわ。私にはわかる。選手としてとても重要な経験を、まだしていない。

当時は好調な理子に対する、言いがかりにも似た挑発に思えて、頭に来たのだったが、理子がきちんと結果を出していたから、さつきもあまり気にせず、そのうち忘れてしまっていた。

思い出したのは、斉藤選手が優勝した夏の大会の日だ。

あの日、理子が斉藤選手を施設の裏に引っ張っていったのを見て、さつきと甲斐選手はつい後を追った。あんまり理子が思い詰めた顔をしていたからだ。あんなになりふり構わない理子は、初めて見た気がした。そばにいた甲斐選手も驚いていた。

人目につかないところに連れていったのは、話を聞かれるのを望んでいないせいだろうと思ったさつきと甲斐選手は、あまり理子たちの近くまでは行けなかった。だから、最初二人の声はとぎれとぎれにしか聞こえなかった。けれども会話が進むにつれ、斉藤選手の声は大きくなっていった。

そして最後は、耳をそばだてるさつきと甲斐選手に、はっきりと届いた。

――一つだけヒント。あなたがとっても気にしているあの室井さつき選手ね。それ、彼女もまだよ。

――なんで私がそこまで馬鹿丁寧にライバルの面倒をみてやらなきゃいけないのよ。

――負けてプライドまで失くしたの？

さつきと甲斐選手は互いに顔を見合わせ、斉藤選手が戻ってくる気配から素早く逃げた。

体型変化に悩んでいた事実が寝耳に水だったのと、唐突に自分の名前が出てきた理由もよくわからず、ヒントとやらはピンと来なかったが、あの会話は、冬の大会のときに言われた言葉を受けてのものだと考えると、腑（ふ）に落ちる。

（つまり理子が考えているのは、弱点につながる『選手として重要な経験』についてで、それを理子は体型変化だと思って斉藤選手に確かめたけど、全然関係なかった……こういうこと?)

さつきは必死に頭を回転させる。

(プライドまで失くしたの、って言われたのを思い出したから、言いかけてやめたんだ)

(経験……私もしていない経験って、なに?)

さつきは斉藤選手の、なんとなく意地の悪そうな口調を思い出し、握った手で自分の太股を叩いた。

(選手として重要な経験……)

(それをしていないのが、理子の弱点?)

ホッケのひらきと冷ややっこの夕食を口に運びながら、さつきはまだ考えていた。

「さつき、だらしがない」

母の一美が叱責した。「ホッケが箸から落ちたよ」

さつきは我に返った。

「ごめんなさい」

「わかればよろしい」

一美はおごそかに頷き、味噌汁を飲んだ。道憲はそんな二人を傍らに見て、にやにやしている。

（お母さん、本当に変わったな）

ここへ越してきた三年近く前に比べて、一美が変わったのは、体格だけではなかった。畑に出て手伝うようになり、肌も日に焼け、腕も腰回りも太くなったのと同時進行で、さつきに接する態度も変化した。

一番変わったのは怒り方だ。以前は高い声でヒステリックにわめいていたけれど、今はさつきを叱る声もドスが利いていて、札幌にいたころよりもずっと迫力がある。

けれどもさつきは、そんなふうに変貌した母が、嫌いじゃなかった。

さつきがジャンプをしていることに対しても、もうなにも言わない。胸の内まではわからないが、教育委員会にまで電話をかけて無理やりやめさせようとしたことなど、嘘のようだ。

（あのときは、理子がお父さんに掛け合って私を助けてくれた）

道憲から伝え聞いた理子の言葉を支えにして、さつきは理子めがけて飛んできた。なにより踏み切って宙に浮く、重力という鎖から解き放たれた感覚が、世界中のどんなものよりさつきを魅了した。

アプローチを滑走して飛び出す瞬間の、風を切る音が、好きでたまらない。

さつきにとって、もはやジャンプは、それまでに挫折してきた習い事のように、あっさりと捨てられるものではなくなっていた。

(理子はそうじゃないのかな)

さつきは首を振った。後ろでまとめた髪の毛が、ぶんぶんとうなる。

(ううん。理子だって、好きなはずなんだ)

だって、理子はジャッジタワーの屋上にいたのだ。シャンツェから離れるのではなく、近づいたのだ。

(私がピアノをやめたときは、先生のおうちに絶対近づきたくなかった。ピアノのある部屋になんて入りたくなかった。ピアノのことも考えたくなかった。バレエもそう)

なのに理子は、ジャッジタワーの屋上で、斉藤選手に指摘された自分の弱点について、考えていた。

夕食の後、少し食休みをしてから道憲は風呂に入りに行き、一美は食器を洗い始めた。さつきはそろそろと一美の隣に立った。泡の立ったスポンジで手早く食器をきれいにしていく一美の横で、ゆすぎの手伝いを始めようかどうしようか迷っていたら、一美に「あら、やってくれるの？　嬉しいわ」と先手を打たれた。

「うん、やる」

一美は「明日は雹(ひょう)が降るかもね」と笑った。

「で、どうしたの？　さつき」

一美は見抜いていたようだ。「晩御飯のときから、心ここにあらずって感じで。なにかあったんでしょう？　もしかして理子ちゃんのことかしら。お母さんが役に立つかどうかはわからないけれど、言いたいなら言ってごらんなさい」

「うん、ありがとう。実はね」

さつきは理子が夏の大会以降練習に来ていないこと、ジャッジタワーのところで交わした会話、それから斉藤選手が理子に言い放った言葉などを、すべて打ち明けた。

「理子が誘ってくれたから、私もこの町で頑張れたと思っているし、私、なにより理子のジャンプが好きなの。だから理子がジャンプやめちゃうのなんて嫌だし、理子も本当はまだ続けたいと思っているって信じたいの。その、斉藤選手に言われた弱点がわかって、それを克服できたら、理子も戻ってくるんじゃないかな、って。理子は私に相談してくれなかったから、本当はお母さんに話すべきじゃないのかもしれないけど、私、このまま理子がいなくなるのはどうしても嫌だから」

「選手として重要な経験……あの理子ちゃんが、それをまだしていないというのね？」

「そうみたいなの。それは冬の大会のときに言われてた」

「冬？　理子ちゃんが本調子じゃなくなったのは、この夏からよね？」

「うん。理子はね、それが、体型変化のことなんじゃないかと思ったらしいんだけど、そうじゃないって。しかもね、私もまだしてないんだって。で、答えは教えてくれなかった」

一美は濡れた手を、冷蔵庫の横にかけてあるタオルで拭いた。

「理子ちゃん、元気なの？」

「元気って？」

「体。どこか具合悪そうにしていたり、顔色が悪くなったりしていない？」

「……う一ん。少し痩せたかもしれない。あ、体育のとき、倒立でちょっとよろけてた」

「そう……じゃあ、心のほうは？　しょんぼりしたり、がっくり落ち込んだふうじゃないの？」

さつきは首を横に振る。「そんな感じじゃない。いつもと同じで……でもうまく言えないけれど……なんとなく、さびしそう。あのね、周りがいろいろ期待をするようになると、私自身も変わることを要求されるだろうって、理子は言うの。だから理子は、勝てなくなった自分に、もう誰も価値を見いださないだろう、なんて言うの」

「そんなことを？　それでさびしそうなの？」

「理子ちゃんのお母さんは、心からやめたいならそうすればいいって」

「そう……智子さんらしいわね」

一美は少し目を伏せた。「で、理子ちゃんは練習に行かないで、家にも帰らないで、時間を潰しているのね？」

「うん。ねえ、お母さん。お母さんはその弱点ってなんだかわからない？」

「お母さんはジャンプのことはさっぱりだもの」

　さつきは肩を落とした。「そっか。そうだよね」

　しかし、話はそこで終わらなかった。

「でも、弱点とは気になるわね……ねえこの話、お父さんにもしていい？」

「お父さん？」

「うん。駄目？　三人寄れば文殊（もんじゅ）の知恵って言うでしょう？　もちろん、他言は無用にするわ」

（確かにお父さんのほうが、お母さんよりはジャンプの知識がありそうだけど）

　さつきが首を縦に振ると、一美は「よし、決まり」と手を叩き、「じゃああんたは、次にお風呂に入る支度してきなさい」と追い立てるように促した。

8 飛ばない私は嫌い？

「――なんですって、さつきが言うには」

風呂から上がってきた道憲を缶ビールで釣って捕まえ、一美はさつきから教えられた理子の一部始終を道憲に話した。

「あの子、本気で心配しているわ」

一美は自分も冷蔵庫から同じものを一本出して、プルトップを開けた。「正直、驚いちゃった」

道憲も喉を鳴らしてビールを飲む。

「そんなに驚くことか？」

「ええ。札幌にいたままだったら、あの子、あそこまで心を砕く相手はできなかったと思うのよね」

一美は日に焼けた両手で、ビール缶を包み込むようにした。「一緒にアイドルやテレビ番組や、好きな男の子の話をしたり、スマホでやり取りをするお友達はいてもね。あの子の頭の中、理子ちゃんのことでいっぱいなのよ。そんな友達、沢北町に来てジャンプをやらなければ、得られなかったでしょうよ」

一美は微笑んだ。

「ちょっといいな、って思っちゃったわ。私にはそんな友達いなかったもの。もちろんジャンプをやったからって、必ずできるものでもないけれど」

「さつきはラッキーだったかもな」

「そうね……ジャンプが楽しいのに加えて、かけがえのない、いい友達までできたんだものね」

心配しなくなったわけじゃない、と一美は呟く。

「さつきがジャンプをやめたら、どこかほっとするとも思うのよ。でも、うきうきして練習に出かけては、機嫌良く帰ってくるあの子の顔が見られないのは、ちょっとさびしいかもね。不思議ね。親って子どもが元気に明るく笑ってくれているだけで、どうして嬉しいのかしら」

「そりゃあ、親だからだろう」

道憲はかつてさつきをジャンプ少年団から引き離そうとした一美のことを、むしかえそうとはしなかった。説得した自分の言い分のほうが正しかっただろう、というようなことも、匂わさなかった。

そして一美も、道憲がそんな小さなことで悦に入る人間でないと知っている。道憲の懐の深さは結婚する前からわかっていたが、改めて思い知らされたのは、沢北町へやってきて最初の年に作った小麦の不作という出来事がきっかけだった。「先生先生言われていい気になっていたからだ、町のみんなに無様な畑を見てもらえ」と道憲の両親につき放されたのを甘んじて受け入れ、それでも毎日畑をつぶさに見ては、穂を観察し、めげずに失敗の原因を突き止めようとした。

――一美さん、あんたにも苦労かけるねえ。すまないねえ。道憲がふがいなくて。

義父母に頭を下げられ、一美は不満ばかりを口にしていた自分を逆に省みた。失敗した畑に関して、一美はノータッチだった。道憲が一人で張り切っていたのだ。その張り切りがまた、札幌に未練のある一美にはしゃくに障ったのだが、しかしそうは言っても妻の自分が道憲の味方にならなくて、誰がなるというのか。

――船は港にいるとき最も安全であるが、それは船が作られた目的ではない。

自らの意思で沖へ出た道憲とさつきを、一美は妻として支え、母として見守る決心をひそかにしたのだ。

「智子さん……理子ちゃんのお母さんもそうかしらね」

呟いた一美に、道憲が目尻を下げる。「そりゃそうさ」

「で、あなたならわかる？　理子ちゃんとさつきの弱点って」

道憲は腕組みをし、しばし目をつぶったのちに、言い切った。

「わかる」

「えっ、本当？　なに、それは」

「いやあ、言えないなあ。ははは」

缶ビールを干して、道憲は盛大なげっぷをした。「その斉藤選手が教えなかったのも、わかる気がするよ。まあ、ちょっとは意地悪もあったかもしれないけど、本気で理子ちゃんのことが憎たらしいなら、なにも言わないか、適当に励まして陰で笑っているんじゃないかな。とにかく、教えられるんじゃ駄目なんだ。だいたい、親がしゃしゃり出る幕じゃないよ」

「私には教えてくれてもいいじゃない」

「さつきに言わないかい？」

「あなたがそのほうが良いというなら、黙ってるわ」

「そうか、じゃあ……」

道憲は太い眉毛を愉快そうに上げた。キャップの日焼け跡がくっきりとついた額に皺(しわ)が寄った。

一美は風呂から上がったさつきに声をかけた。

「さつき。明日ね、理子ちゃんにうちに来るように誘ってくれない？」

「え？」さつきは露骨に変な顔をした。「なんで？　私明日も練習なんだけど」

「あんたはいいの。お父さんとお母さんが理子ちゃんとお話ししたいのよ」

「もしかして、あれの答えがわかったの？」

「それとは別よ。ただね、お母さんさっきのあんたの話の中で、ちょっと気になったところがあるの。そのことを、お話ししたいの。ね、理子ちゃんにそう言ってちょうだい。いつも同じ場所で時間を潰しているより、目先が変わって例の答えも見つけやすくなるかもしれないし」

一美はさつきを言いくるめて、理子への電話をかけさせた。


「よく来てくれたわね。どうぞ座って」

一美は明るく理子を迎えた。理子は少し緊張した真面目な顔でリビングに入り、「おじゃまします」ときちんと頭を下げた。道憲もどうぞどうぞと理子を招き、ソファに座らせ、自分は床に腰を下ろす。

「鞄は適当に床に置いちゃっていいよ」

「待っていてね、今、冷たいものを持ってくるから」

一美は三つのガラスコップに氷を入れて、ウーロン茶をそそいだ。それを、理子と道憲の間に置かれたローテーブルに置く。

　理子の、膝をきっちりつけて背筋を伸ばした座り方は、ちゃんとしたしつけを受けていることを物語っていた。

「おやつはなにがいいかしら？　ロールケーキとお煎餅があるの」

「ありがとうございます。でも、飲み物だけでいいです」

　理子の断り方は感じの悪いものでは決してなかったが、強い意志の響きがあった。

「そう、なら無理には勧めないわね」

　一美も柔和に応じた。

「私と理子ちゃんがきちんとお話しするのは、初めてかしらね」

「はい。以前は畑のほうにおじゃまして、おじさんとだけお話ししました。その節は、失礼しました」

　理子の受け答えは落ち着きはらっていた。

「そうだそうだ。圭介くんと二人でな。おじさんちょっとびっくりしたぞ。ははは」

「うちのおじさんに、圭介くんと一緒に談判してくれたんでしょう？　おばさんを説得してくれって。あのときは、ありがとうね」

　一美は礼を述べた。「いつか言わなくちゃと思っていたのよ。遅くなってごめんなさいね」

理子は驚いた顔をした。「いいえ、そんなことは」

道憲が冗談めかした口調で言う。「教育委員会にまで電話をかけるなんて、このおばさん、怖いと思っただろう？」

道憲を一美は軽く睨んで、理子にはにっこり笑いかける。

「おばさん、ジャンプで転んだ女の子を見てびっくりしちゃって。それに、さつきがこんなに一つのことに一生懸命になって、それなりに結果も出すなんて、想像していなかったの。あの子は本当になんのとりえもない子なんだもの」

ウーロン茶に手をつけない理子に、今一度どうぞと促して、一美も自分のウーロン茶を飲む。

「今ではね、ご近所さんとご挨拶したり、買い物に出かけたりすると、いろんな人からさつきのことを褒められるのよ。お嬢さん、頑張ってるね、すごいねって……。親バカだけれど、ちょっとは鼻が高いわ。それも、あのとき理子ちゃんがさつきの味方になって、少年団をやめさせないでくれたおかげね。本当にありがとう」

理子がウーロン茶をこくりと一口飲んだのを見て、一美は「でもね」と続きを話す。

「それでもさつきがジャンプを飛ぶのを、手放しで喜んでいるんじゃないのよ。どんなに大丈夫、危険はほとんどないって言われても、ゼロではないのだもの」

「理子ちゃんごめんな。このおばさん、頭固いんだ」

「うるさいわね。でも、やっぱりあんな高いところから滑り降りてきて、何十メートルも、ときには百メートル以上も空中を飛んでくるなんて、どうしてもぞっとしちゃうのよ」

「おばさん……」

「トレーニングとかならまだいいけれど、実際にシャンツェを飛ぶ日は、あの子を送りだすたびに、怪我をしないで帰ってくるかしら、って気をもむの。だからね、冬は毎日大変。ただいまの声を聞くまで、ドキドキしてるのよ。最初のころよりはだいぶ慣れたけれどね。理子ちゃんはジャンプを始めたのはいくつのときだったかしら？」

理子は即答した。「小学校二年生の冬でした」

「ご両親は心配していなかった？」

「……両親は、喜んでいたように思います」

「そう。でも心のどこかでは、怪我をしないといいな、元気に帰ってくるといいなって願いながら、あなたの帰りを待っていたと思うわ」

お母さんってそういうものよ、と一美は微笑んだ。道憲が「お父さんもだ」と付け足す。

理子が膝の上でぎゅっと両手を握りしめ、拳の形を作った。

「おばさんとおじさんは、さつきがもしもジャンプをやめると言ったら……もしかして心配事がなくなって良いと思いますか？」

一美は道憲と顔を見合わせた。

「あら、偶然ね。昨日うちのおじさんともそんなことを話したのよ」

「そうだな。このおばさんは、ほっとするけど、さびしいかもしれないって言ってたよ」

「さびしい、ですか？」

「ええ、そうよ。だってあの子、ジャンプをしに行くとき、とても楽しそうだもの」

理子がはっとしたように顔を上げた。

「あんなに楽しそうなあの子、札幌にいるときも見たことなかったわ。そうよね、あなた」

道憲が頷く。「そうだなあ」

「さつき、本当にジャンプが好きなんだなって思うの。好きなことがあるって素敵よね、理子ちゃん」

道憲がウーロン茶を飲み干した。からりと氷が鳴る音が聞こえた。

「理子ちゃんあなた、周りの望みに応えられなくなった、勝てなくなった自分に、誰も価値を見いださないだろうって言ったそうね？」

理子は黙っている。

「さつきから聞いたのよ。もし秘密にしておきたかったのならごめんなさい。あの子を許してやってちょうだいね。頭はそれほどよくないけれど、理子ちゃんのためになりたくて、あの子なりに考えているのよ」

「秘密にしてほしかったら、誰にも言わないでってさつきに口止めしています」

それから少しまた黙ってから、理子は答えた。

「……言いました、私に価値はないって」

一美は笑って、太くたくましくなった腕で、優しく理子の肩を叩いた。

「理子ちゃん。それは違うわよ」

一美ははっきりと否定した。

「おばさんね、それを聞いて、どうしても理子ちゃんとおしゃべりをしたくなったの」

「間違っていますか？」

「ええ。大間違いよ。あのね、理子ちゃん。誰もというのは、あなたのご両親も当然入っているのよね？　町の人たちだけじゃなくて、お父さんやお母さんの期待にも応えられなくて気まずいから、練習を休んでもまっすぐおうちには帰れないのでしょう？　違うかしら？」

理子はまた口をつぐむ。けれども、なにも言わないことこそが、一美の指摘の正しさを物語っているのだった。

道憲が自分でウーロン茶のお代わりを持ってきて、一美の話を引き取る。

「理子ちゃん。今日お家に帰ったら、君のお父さんとお母さんに聞いてごらん。ジャンプを飛ばない私は嫌い？　って」

「あと、もう一つ」道憲が指を一本立てた。「ジャンプを始めてから今までのことを、できるだけ一つ残らず思い出してごらん。順を追って」

「順を追って？　どうしてですか？」

「思い出すと、きっといいことがある」

道憲は目尻に皺を刻んで笑った。首を傾げた理子に、一美が横から口を出す。

「ねえ。理子ちゃんって、ジャンプ始めたときはどんな感じだったの？」

「どんなって」理子はグーの形にした右手を口元に当てた。「最初は一番小さな台も怖くて降りられなかったです。さつきと同じで、初めはコーチが背中を押したから滑り出せました」

「それからは？」

「すぐにジャンプが好きになって、毎日飛んでいました」

「理子ちゃんは」両手でガラスコップを包むようにした一美が、中の溶けかけた氷をからからと鳴らした。「飛び始めてどのくらいで、みんなにすごいって言われるようになったの？」

「そうですね……わりとすぐに勝てるようになったので、早かったと思います」

「そうなの。じゃあ理子ちゃんはそれからずっと今年の冬まで勝ち続けていたのね」

「おじさん……」

そのとき、理子がなにかを思いついたみたいに、唇を軽く開いた。瞳の奥に光が宿り、表情が引き締まった。

一美はそれを見て、道憲と軽く目くばせをし合ったのち、ふいに「ああ、そうそう」と手を叩いた。

「あなた、ちょっと庭からトマトの美味しそうなのを取って来てくれない？」

「え？　おまえが育てているやつか？　なんで？」

「重くなって悪いけれど、良かったらおみやげに」

一美は半ば無理やり道憲にボウルを押しつけ、席をはずさせた。

唐突さに理子は戸惑っているのだろう、問いかけるように一美を見る。一美は「ここからは女同士のお話。ガールズトークっていうのかしら？」と笑って、テーブル越しに理子の手を取った。

「ねえ、理子ちゃん。ここの傷、なにをしてできたの？」

一美が指摘したのは、右手の人差し指付け根にある、なかなか治りきらないかさぶただった。

「もしかして、ご飯を食べた後、わざと戻したりしたことがあるんじゃない？」

理子ははっと自分の手を引っ込め、左手で傷を隠した。だがその行動は「はい」と認めたようなものだった。

「それだけ、辛かったのね」

一美は理子のプライドを思い、過度な同情を見せないような口調を心掛けた。理子は目を伏せた。

「いつも、そうしているの？」

「……いつもじゃないです。どうしても気になって耐えられなくなったときとか」

「そう。いつもじゃないなら良かったわ。まだ習慣になっていないってことだものね」

叱られたようにうつむく理子に、一美は「怒ってるんじゃないのよ。これ、ガールズトーク。おばさんも一応ガールってことにしてちょうだい」と軽くおどけた。

「おばさんが短大生だったときにね、そこがもっと、タコみたいにひどくなっていた子がいたわ。普通に可愛い子だったのに、どんどん痩せていってね。学校も辞めちゃった」

ガラス窓越しに、道憲が真剣にトマトを見つくろっているのを確認して、一美は続ける。

「おばさん、その子のことをバカみたいって思った。勝手に悩んで勝手に自分の体をおかしくして、誰かに構ってもらいたいだけなんじゃない？　って……。正直ね、おばさんは嫌いだったのよ。そういう構ってほしがる子。でもね」

一美は腕を伸ばして、理子の肩に優しく触れた。「今は、どうしてあのとき少しでも寄り添えなかったのかと思うわ。理子ちゃんのおかげで、彼女の辛さも少しはわかったような気がするの。いまさらだけどね」

「……そのお友達は、どうなったんですか？」

「ちゃんと立ち直ったわ。栄養学を学ぶ大学に入り直して、管理栄養士の資格を取って、今はお料理の本も出しているの。きちんと栄養を取りながら無理なく痩せられるダイエット本よ。大したものだと思う。彼女、そういった過去を包み隠さず話して、何度も講演会もしているのよ。同じ悩みを持つ人や家族を応援したいから、って
　肩に触れた手で、一美は理子の腕を撫でた。

「ねえ、理子ちゃん。ジャンプはなんで飛ぶのかしら？」

「なんで、ですか？」

「そう。ああ、物理学的なことじゃなくてね。それ、おばさんわからないから。あと、どうして、という意味でもなくね。なにで、って言ったほうがよかったかしら。ごめんなさい、わかりづらいわね。つまり、ジャンプってスキー板だけで飛ぶものかしら？　ワンピースとヘルメットで飛べるかしら？　ってこと。どう？」

　戸惑う理子に、一美は「違うわよね」とさっさと結論づける。

「スキー板や、ワンピースやヘルメットだけじゃ飛べない。道具だけじゃ駄目。飛ぶのは選手だものね。選手の体が飛ぶのよね。だからおばさんも、転んじゃったらどうしようって心配するのよ」

　窓の向こうで、ボウルに完熟したトマトをいくつも入れた道憲が、ゆっくりと菜園から

離れるのを、一美は見た。

「理子ちゃん。体をコントロールするのと、体をいじめるのは違うと思うわ」

励ますように、軽く二の腕を叩く。「いいジャンプを飛びたくてそうしているのだったら、間違いよ。あなたの体であなたはジャンプを飛ぶんだもの。嫌いになったり傷つけたりはしないで。ね？」

玄関の戸が開く音がした。道憲が戻ってきたのだ。一美はもう一度理子の肩をぽんぽんとし、「ガールズトーク、終了ね」とささやいた。

理子は少し笑った。

理子が帰宅するとき、道憲が見送りがてら言った。

「沖に出てしまえば、船はたいてい嵐に遭うものさ」

かまちに座り、靴にかかとを滑り込ませた理子が振り向く。「船、ですか？」

「でも、嵐に遭わなければ、嵐を乗り越えることもできないんだよね」

一美が横から「ごめんなさいね。このおじさん、わけがわからないたとえ話が好きなの。気にしないで」と理子の鞄と、トマトが入ったビニール袋を差し出した。

理子はそれらを受け取り、来たときのように深く頭を下げた。

一美からの電話を切って、智子は長く息をついた。

じきに理子が家に帰ってくる。

話をしてくれるだろうか。すぐ自室に閉じこもってしまわないか。

智子は首を軽く振って、下味をつけた鶏肉に片栗粉をまぶした。脂身と皮をきれいに取り除いた鶏肉だ。それにごく薄く油をぬり、クッキングペーパーを敷いた大皿に並べる。

理子が体重を気にしていることを、智子もうすうす気づいていたが、どうしていいのかわからなかった。だから、一美に電話で相談していたのだった。

先ほど、電話とともに一美からファックスで送られてきたレシピのコピーを手に取る。必要な栄養素を網羅しながら、カロリーを抑えられるというダイエット本の一ページだ。ちょうど材量があったので、さっそく作っている。

熱々のところを食べさせたいと、用意だけ整えて、理子の帰りを待つ。

「ただいま」

理子の声が玄関から聞こえた。

「手を洗って着替えておいで、理子。ごはんにしよう」

「はい」

素直に言うことを聞いて、軽い足音で階段を登っていく。

——理子ちゃんに、訊いてごらんなさいと言いました。だからどうか、伝えてあげてください。

一美の頼みこむ声が智子の耳に残っている。

理子はTシャツにジーンズの簡単な部屋着で、一階へ降りてきた。

「お父さんは？」

「今日は残業なんだって。珍しいね」

智子は大皿をレンジに入れ、スイッチを押す。理子が黙って皿やマヨネーズなどを出して、ダイニングテーブルに並べた。

でき上がった、油で揚げない唐揚げを、サラダボウルとともに食卓の中央に置く。

「さあ、好きなだけ食べなさい」

理子はふっと笑って、「いただきます」と両手を合わせた。

何気ない日常の、でもジャンプ以外の話をしながら、智子は理子と夕食を取った。理子は智子が初めての方法で作った唐揚げに箸を伸ばした。一口かじって、「美味しい」と微笑んだ。智子は「あら、良かったわ」と素直に喜んでみせた。

理子は二つで食べるのを止めてしまったが、智子はなにも言わなかった。理子は何度も「美味しい」と口にした。それだけで十分だった。

食後にお茶を飲んで、お風呂の準備に行きかけた理子を、智子は呼びとめた。

「理子。あんた、ジャンプをやめるかい？」

理子が立ち止まる。でも言葉はなかった。智子は構わず、続けた。

「あんたの好きにするといいよ」

ようやく、理子がゆっくりと顔を智子のほうへ向けた。そんな娘に、智子は笑いかけた。

「あんたがもうジャンプを続けるのが嫌で、どうしても耐えられないなら、やめてしまいなさい。町の人やコーチ、マスコミ、スキー連盟の人になんて言われても、お父さんとお母さんが守ってあげるから」

理子の眉がちょっとひそめられ、視線が下に落ちた。

「お母さんはね、ちっちゃなあんたがジャンプをやり始めたときから、いつやめてもいいと思っていたよ。でもね、あんたはとっても楽しそうだった。だから、応援してたの。理子がすごいとか、将来のオリンピック選手だとか、褒められるからじゃないの。あんたの価値はそれだけじゃないんだから。お母さんはね、あんたが楽しそうに笑っているのを見るだけで、それだけでよかったんだから」

理子がうつむいたまま、視線だけを上げる。

「お母さん……」

声は心なしか震えているように聞こえた。「お母さんは、ジャンプをやらない私は嫌いじゃやない？」

「バカね。嫌いなわけないでしょう。さつきちゃんのお母さんだって言っていたよ。ジャンプが一番じゃなくても、転校生だったさつきと仲良くしてくれた理子ちゃんがとても好きだし、ありがたいって感謝しているって。さっき電話で言ってくれた。ねえ、理子。あんたも考えてごらん？　ジャンプ少年団にはあんたにかなわない選手がいっぱいいるよね。あんたの今の調子のことはよそに置いておいて。ね、いるでしょう？」

「……いたかもしれない」

「あんたに勝てない、大会でも表彰台に上がれない子のことを、あんたはなんの価値もない子だと思っていた？」

理子はすぐさま答えた。「思ってない」

「そうでしょう？　同じことだよ。ジャンプの才能があって、全日本ジュニア代表にも選ばれる。お母さん、誇りに思った。誰もができることじゃないからね。でも、それだけが理子の全部じゃない。あんたがたとえこの先一度も勝てないとしても、少なくともお母さんとお父さんは、あんたに価値がないなんて絶対に思わないの」

「……一つ訊いていい？」

「なに？　理子」

「お母さんはどうしてずっと大会についてきてたの？　私が褒められるの、どう思って聞いていたの？」

智子はダイニングテーブルの上で、布巾を軽く握った。

「本当はね、気恥ずかしいからあんまり行きたくなかったんだよ。なんだかもう、大げさに褒められるんだもの、あんた」

「お母さん……」

「でもね、そこでお手伝いをやめちゃうと、ああ理子ちゃんのお母さん、理子ちゃんがすごいから他の選手はどうでもよくなったんだなあ、理子ちゃんは強いから、他のお母さんにお世話させて当然だって考えているんだなあ、って思われるかと思ったの。だから、人一倍他の子の面倒見なくちゃ、って。そんなに意地悪なお母さんなんて、いないんだけどね。あんたが夏に負けていたときだって、それ見たことかなんていうふうに振る舞うお母さん、一人もいなかったよ」

　またうつむいた理子に、智子は明るく優しくこんなことを言った。

「それにしても、あんたは幸せもんだね」

「……え？」

「あんたのことをこんなに心配して、いろいろ駆けずり回ってくれる、さつきちゃんっていう友達がいるんだから。スランプにならなかったら、この幸せはわからなかったかもしれないね」

　理子は一度顔をこわばらせてから、くるりと背を向けた。

「お母さんが言いたいのはこれだけ。さあ、お風呂に入っちゃいなさい」

　理子は、リビングを出ていった。

智子は理子が立っていたフローリングの床に、透明な滴が落ちているのを見つけて、ティッシュでそっと拭き取った。

――さつきはお宅に押しかけて、私は理子ちゃんを呼んで勝手にお話ししたりして。どうか許してください。

電話で一美はそう言った。

――理子ちゃん、鶏の唐揚げが好きなんですよね？　良かったら、レシピを使ってください。ファックスします。もし気に入っていただけたら、本ごとお貸しします。短大時代の知人が書いたものです。少しでもお役に立てれば……。

――さつきも私も、さしでがましい真似をして、本当にごめんなさい。

「……最初にさしでがましいことをしたのは、こっちなのよ、一美さん」

智子は一昨年の夏を思い出した。はたのスーパーで一美にばったり出会ったのは、そういうふりをしただけだった。理子に頼まれたのだ。

――ドーケン先生が言ってたんだけど、さつきのお母さん、お昼の二時頃にはたのスーパーでお買い物するんだって。お母さんお願い。お母さんからもさつきのお母さんになんとか言って。さつきの味方になって。お願い。

「一件落着したら、お茶でも飲みながらお話ししなくちゃね……」

智子は布巾を冷たい水で洗いながら、そう呟いた。

9　負けたくない

さつきの家の前庭に咲いたひまわりを、理子は見ている。

日暮れは一時期に比べて、格段に早くなっている。西の空は橙と茜と金が入り混じって、たなびく雲が光に縁どられている。

小麦畑のほうから風が吹いてくる。さつきはその中にちょっぴりだけだが、夏の終わりの匂いを嗅ぎとった。

理子は、昨日励ましの言葉をかけてくれた一美と道憲に、わざわざお礼を言いに来たのだった。

さつきは久々に練習を休んだ。昨日は一美に締め出されたが、今日ばかりは理子と一緒にいたかった。

「昨日も、お父さんとお母さんが理子にどんなことを話しているのかが気になって、練習にならなかったんだ」

道憲と一美に尋ねても、「斉藤選手とのことは言わなかった」とだけ請け合い、後は笑ってはぐらかすだけだった。

そのかわり、理子が全部話してくれた。家に帰った後、智子に言われたこともすべて。

――だからね、さつきのお父さんとお母さんには、どうしてもお礼を言いたいの。

帰る理子をさつきは送ると言った。理子は必要ないと断ったが、

「今度は私が理子と話をしたいんだ」

そう打ち明けると、理子は頷いた。

「私、歩いて帰ろうかと思っているんだけれど、平気？」

五、六キロくらいの道のりである。さつきは帰りに使う定期券がポケットに入っているのを確かめて、「平気」と胸を張った。

ヒマワリをもう一度名残惜しそうに眺めてから、理子は沢北町の中心街へ向かって片側一車線の道を歩き出した。

「理子、ごめんね」

「なにが？」

「勝手に理子のおうちに行って、理子のお母さんと話して、理子が言ったことも私のお母さんに勝手にばらして」

「ううん、良かったよ。私一人じゃ煮詰まってどうにもならなかったもの。体も……ボロボロになってただろうし」理子はいったん言葉を切り、「もしかして、冬に斉藤さんに言

われた弱点とか経験とか、そういうこともおじさんとおばさんに教えた？」と鋭いところを突いた。

さつきは嘘はつけなかった。「ごめん……すごいおせっかいだとはわかってたけど」

「あのとき、さつきもいたもんね。でも、本当はあれだけじゃなかったんだ。夏の大会のときにも……」

理子は斉藤選手と施設の裏でかわしたやりとりを、さつきに教えてくれた。

「これもあまり驚かないね。もしかして……」

さつきは思い切り謝った。「ごめんなさい！　あのときの理子の様子がどうしても気になって」

「そういえば、斉藤選手を呼んだとき、さつき、後ろにいたね」

「ごめんね。気になったから後を追って……最後のほうの斉藤選手の声しか聞こえなかったけど、甲斐さんと一緒に近くにいたの」

「甲斐さん？」名前を出してから、理子は軽く頷いた。「そういえば彼女もいたね。そっか。じゃあ大体は知っていたんだ。隠す必要、あまりなかったね」

「どうしても理子に戻ってきてほしくて、お父さんとお母さんに相談しちゃったの。怒ってる？」

おそるおそる尋ねると、「ちょっと目をつぶってくれる？」と言われた。そのとおりにすると、眉間を軽くはじかれた。

「このデコピンでちゃらね」理子はくすくす笑った。「そうだね、圭介だったら怒るかも。要らないおせっかいはするな、そういうところがわからないから鈍感なんだ、とか」

「そういえば私、理子の家に行くとき、圭介にすごく呆れられた。ジュニアの合宿前から理子は悩んでいたのに、一番近くにいて気づかないなんて鈍い、みたいな」

「そうだね……圭介みたいにイライラする人もいるかもしれないけれど、私はさつきのそういうところ、嫌いじゃないよ。私がこんなことで悩んでいるの、本当は誰にも知られたくなかったから。どうにもならなくなるまでは、さつきがわりと普段どおりで良かった」

理子は素直だった。「私ね。おじさんおばさんと話して、お母さんとも話して、ジャンプを始めたころのことを、思い出せた」

軽トラックが対向車線をかけぬけていく。

「そのころの理子、見たかったな」

本心を打ち明けると、理子は肩を竦めてにこっとした。「どうして?」

「かわいかったんじゃないかなって」

理子は面食らった表情をしてから、今度は声を出して笑った。

「同じだったと思うよ、少年団にいるその年頃の子たちと」

「そうかあ。じゃあ、やっぱり楽しかったんだね」

「うん、そうだね」

「理子のお母さん、言ってた。私が入団した日、すごく嬉しそうに帰ってきたって……それを聞いて私も、飛んじゃいそうに嬉しかった」

「……うん。実際、そうだったもの」

刈り取りを終えた小麦畑には、点々と巨大なロールケーキみたいな麦の束がある。

「さつきが入ってくれて、嬉しかった。怖がっているのに背中を押したのは、ちょっと悪かったかなって思ったけど、すぐに楽しかったって言ってくれて、本当に……。その日のうちに何度も飛んでいるのを見て、この子と一緒に飛べたら楽しいだろうなって、心から思った。でも」

ごめんねと、一言前置きをして、理子は静かに言った。

「さつきを誘わなければ良かったって思ったことも、あるんだ」

理子の涼しげな目がまっすぐにさつきに突き刺さってくる。

「さつきがあまりにも楽々と飛んで、どんどんうまく、強くなっていくから。いつか追い抜かされるって、焦って、怖くて。負けるのが、怖くて」

さつきさえ誘わなければ、こんな思いをしなくてすんだのに——そう後悔してしまうこともあったのだと、理子は告げた。

「実際、もう負けちゃったし」

一瞬だけ逸らした理子の眼差しは、かすかな悲しみの色を帯びていた。

「でもね」理子はまた視線を戻した。「それでも私、さつきのジャンプ、好きだよ」

「理子……」

「ジャンプって、スタートから接地まで神経をいっぱい使って、ほんの何秒かの間にたくさんのことをしなくちゃいけないのに、さつきはすごく自然にそれをやっているみたいで、まるで、風を友達にして運んでもらっているように見えるの。空中姿勢も私よりいいし」

すごく自由な姿だと、理子は唇をほころばせた。

「だから、大好き」

さつきは理子の、鞄を持っていない空いている手をきゅっと握った。

「私も理子のジャンプ、大好きだよ。きれいで……本当にきれいで。最初からずっとそう思ってた。吉村杯のテストジャンプのときから」

「ありがとう」

「また、見たいの。一緒に飛びたい」

風になびく髪の毛をそっと押さえた理子に、さつきは訴える。「私だってわかる。六年生の夏、理子が私のことをお父さんに褒めてくれたように、私は理子のすごさがわかる。誰よりわかる。サマージャンプでは、私は理子より確かに飛んだけど、でも理子に勝ったとは、思ってない」

「どうして？」

「だって、足を骨折しているボルトに勝ったって、誰も私のほうが足が速いなんて思わないでしょ？」

理子は苦笑した。「なにそれ？」

「斉藤さんだって、体型変化で不調になるとしても、それは一時的なものって言ったんだよね？　だったら絶対また飛べるよ」

「絶対なんてことはないよ。もしかしたらこのままかもしれない。誰も保証も約束もしてくれない」

「約束がなかったら、だめなの？」

さつきは立ち止まった。さつきに手を握られている理子も、足を止める。

「一番最初にジャンプしたときは、なんの約束もなかったでしょ？　理子は誰かに、あなたはすごい選手になる、ずっと勝ち続ける、将来はオリンピック選手になるって約束されたから、ジャンプを始めたわけじゃないよね？」

理子に伝えたいことが心の中でいっぱいになって、さつきはどういう言葉でそれらを表現していいのかわからない。だからせめてとばかりに、握る手に力を込める。

「理子も最初飛べなくて、永井コーチに背中押されたんだよね。それからどうしてジャンプ続けようって思ったの？」

痛いと言われるかもしれなかったけれど、さつきは握る力を緩められなかった。

「ただ単純に好きになったからじゃないの？　楽しかったからじゃないの？　私はそうだったよ。言ったよね、理子のお母さんの言葉。私が入団した日、理子は嬉しそうに帰ってきたって」

「さっき、聞いた」

「理子のお母さん、まるで、入団したばかりのときに戻ったみたいだったって、言ったんだよ」

町中へ向かうバスが、二人を追いこしていく。

「勝つのも嬉しいけど、それよりもなによりも、私はジャンプが好きで、理子と一緒に飛ぶのが楽しいから飛んでるよ」

「さつき……」

「負けるのって嫌なことだっていうのはわかるよ。理子の本当の悔しさとか、辛さとか、そういうのはなにからなにまでわかってないかもしれないけど、いい気分じゃないことくらいはわかる。でも、それは全部を消しちゃうものなのかな。楽しさや嬉しさも全部消えちゃうの？」

低い山際に落ちるぎりぎり手前の夕日が、理子の顔を横から照らして、その瞳の色を薄く透けさせる。

「私、もう一度理子と飛びたい。理子だって心のどこかでは、このままやめたくないって思っているよね？　お母さんから聞いたの。理子、昨日お母さんが勧めたお菓子を食べなかったって。もしやめる気なら、体重とか体型とか、もう気にする必要ないもん。違う？」

理子は微笑んだ。「違わないよ」

「私、理子がいると強くなれる気がするんだ。もっと飛べる気がする。そして、理子がお父さんに言ってくれたことを証明したい。それから……ちゃんと、本当に、理子に勝ちたい。迷っている途中の理子じゃなくて、本当の理子に勝ちたい」

理子は力のある眼差しで、きちんとさつきを見返している。

さつきは思い切って、一番重要な問いを投げかけた。

「理子。ジャンプ、嫌い？」

理子は首を横に振った。

「ううん、大好きだよ」

はっきりと、力強く、理子は断じた。「大丈夫。私、もう答えは出してるの。決めたからお礼にも来たんだよ」

やめない。斉藤選手を見返す。

理子の手がさつきの手をぎゅっと握り返してきた。

歩いて帰るはずの道のりの半分くらいで、陽はすっかり落ちて、あたりが暗くなってしまった。

歩けないこともないけれど、停留所と待合小屋を見つけて、そこでバスを待つことにする。理子は鞄の中から財布を取り出し、小銭を確認した。

明日から練習に行くと、理子は言った。

「うん、うん。一緒に行こう」

(今までみたいに)

「あのね、おじさんとおばさんは私の『弱点』のヒントをくれたの」

「じゃあ、『弱点』がもしかしてわかった?」

確認するさつきに、理子はこっくりと首を縦に振った。

「自慢に聞こえるかもしれないけれど、私、この夏みたいに負けたことってなかった。そうなの、ジャンプを始めてすぐにうまく飛べるようになって、それからなに一つ、つまずかずに来た——ちょうど今のさつきと同じ。おじさんとおばさんに言われて順を追って振り返ってみて、これかな、って思った」

斉藤選手が『弱点』を指摘したのは、まだ理子が勝ち続けていた冬のシーズンだった。

「もしかして、負ける経験をしていないことがそうかもしれない……ううん、それだけじゃなくて」

理子は自分自身に言い聞かせるような口ぶりだった。

「負けて、スランプの時期を過ごして、辛い思いをして、なおかつそれを乗り越える、そんな経験のことを、斉藤さんは言ってたのかなって。もちろん、これが本当に正解かどうかはわからないけれど」

理子は待合小屋の中のベンチに腰かけながら、その場にさつきしかいないのに、満座の聴衆を前にしているかのように、きりりと背を伸ばした。

「負けを知って、それでも諦めずに、投げ出さずに練習を続けて、苦しい時間を耐える経験は、絶対マイナスにならないと思うの。たとえ、最終的に報われなかったとしても」

その言葉は、とてもスムーズにさつきの胸の内に落ちた。

(ああ、そうだ。きっとそのとおりだ)

そして、さつきの頭に今よりも幼い理子の声がよみがえる。

(あれと同じだ)

「理子は正しいよ」

さつきは心をこめて告げた。

「だって、理子自身が最初に言ってたでしょ?」

なにを?　という表情をした理子に、今度はさつきからあの言葉を返す。

「『向かい風は、大きく飛ぶためのチャンスなんだよ』」

理子の唇が、あ、という形に開き、続いてきつく引き結ばれ、それからゆっくりと微笑みを作る。

「忘れてなかったんだ、さつき」

「忘れるわけないよ」

理子は、宵(よい)の明星(みょうじょう)が輝く西空を見た。

「今はチャンスだったんだね。だから」

もう逃げない。

どんなに辛くても這(は)いあがってみせる。

「さつきは私に勝ったと思っていないと言ってくれたけど、事実私は負けたんだから」

理子の横顔はきりりと凛々しく、暗がりの中でもなによりきれいだった。

「今度は私が、さつきを追いかける。そして、追い抜く」

さつきは、まだこんな経験をしていないんだから——理子は語気も強く言い切る。

「これを乗り越えられたら、私は前より強くなる。負けたくない。さつきにも、甲斐さんにも、斉藤さんにも。なにより、逃げたい気持ちにも」

バスのヘッドライトが近づいてきた。

理子は翌日から練習にやってきた。

遠藤コーチは、戻ってきた理子と他の選手を一切区別しなかった。いつものとおり、普通にそして平等に理子を指導した。そのことが、どこかひりひりするような空気を和らげた。さつきは、変に気を遣わずわけ隔てしない遠藤コーチの態度を嬉しく、かつ頼もしく思った。少年団での理子の様子を尋ねてきた圭介にも、そういった雰囲気を話した。圭介は安心したような顔を見せてから、「そうだよな。確かに遠藤コーチって、そういう人だったかもな」と呟いた。

永井コーチはというと、とても簡単な言葉で理子を迎えた。

「早く、さぼって落ちた分の筋力を取り戻しなさい」

「はい」

澄んだ声で返事をした理子は、さっそく柔軟運動をして体をほぐしたのち、五十センチメートルくらいの高さにセットして五つ並べてある棒状の簡易ハードルを、他の子に混じって黙々と飛び始めた。踏み切りのときに最も重要になるお尻の筋肉を鍛えるスクワットも、一番遅くまでやり続けた。

その後も理子は、今の自分のために必要であれば、それがどんなことでも、努力を惜しまなかった。トップ選手はもちろん、自分自身のアプローチや踏み切り時、空中姿勢の映像を、家でも見て分析し、コーチの指導のもと、イメージトレーニングを重ねていることも聞いた。

成績を落とした、絶対的存在だった理子に、幾人かの団員はどう接していいのかわから
ない様子を見せた。けれども理子が黙って基本に立ち返り、黙々とトレーニングをこなす
姿を目の当たりにして、彼らは徐々にいつもどおりになっていった。

学校でも、町が誇る有望選手の陥落を意地悪く見ていたクラスメイトらを、理子はまったく相手にしなかった。彼ら、彼女らの陰口は、理子もわかっていたはずだとさつきは思う。けれども理子は、いつでもきっちりと背を伸ばし、胸を張って、臆することがなかった。

――なにか言いたいなら言えばいい。

そんな感じだった。

あの体育の授業のときも、気にするそぶりは見せなかったけれど、どことなく諦めにも似た雰囲気があった。けれども練習を再開してからは、しっかりと耳にしてなおかつ跳ね返すといったような芯の強さを感じた。

圭介は傍目からも明らかなほど、理子の復帰を喜んでいた。本人はクールにしているつもりらしいのだが、感情が丸見えで、さつきにはおかしかった。

成績が良く、人望もある、学年のリーダー格である圭介のそういった態度につられて、理子への蔑みめいた態度を改める生徒もいた。

再びジャンプに対し、一心不乱に打ち込み、時間を割くようになった理子だが、九月末に行われた学校の試験では、さつきよりずっと成績がよかった。

食事面については、一美と智子が協力し合って理子を支えた。ダイエット本のみならず、二人でスポーツ選手に必要な栄養学を勉強し、必要な栄養が取れるよう、それでいてカロリーオーバーにならない献立を考えてくれた。それはもちろんさつきにも応用されたのだが、いつしか一美は自分自身でも健康的な食事作りを楽しむようになった。

「これ、私にもいいわよね。この歳になると、どうしても脂肪がついちゃうもの。お腹が気になっていたのよ。智子さんも、理子ちゃんより私が必要だったかも、なんて言ってるのよ」

そんな二人の母親を、理子は「お母さんたちもあれで一応、ガールズのつもりみたいだから」とおかしそうに笑った。

一緒に斉藤選手の言葉を聞いてしまった甲斐選手からは、理子を案じる内容のメールが届いた。さつきが「元気で練習をしている」と返信すると、笑顔の顔文字が入ったレスポンスがあった。

もしかしたら、自分よりも甲斐選手のほうが今の理子の気持ちがわかるかもしれない――さつきは思った――甲斐選手も転倒事故というアクシデントを乗り越えて、また強くなった選手なのだ。だからこそ、競い合うはずの甲斐選手が喜んでいるのが、嬉しかった。甲斐選手もまた、強い理子に正々堂々と勝ちたいのだ。

不調だった夏のシーズンを経て、近寄りがたさもやや薄れたのか、理子はたびたび男子に呼び出されては、思いを打ち明けられていた。そのたびに、相手を傷つけないように断っているようだった。

学校帰りの練習時、体育館の更衣室でトレーニングウエアに着替えながら、さつきは理子の肢体をしげしげと見たことがある。おっぱいもお尻もさつきよりふくよかで、柔らかそうだった。でもそっと腰の下を触ってみたら、しっかりと筋肉もつけているのだった。

「体の変化は、落ち着いたみたいなの」

そう言って笑う理子の背中は背筋が充実してピッと伸び、脚も長いので、女性らしくなっても、以前のすらりとした印象は変わらなかった。

（モデルさんみたい）

口には出さなかったが、さつきはちょっとだけ理子の完成された肢体を羨んだ。

「以前は、変わっていく体が嫌で嫌で、本当にどうしてやろうか、おっぱい切り落とそうかとも思ったけれど」

理子は自分の胸をさらっと撫でおろした。「さつきのお母さんに言われたとおり、この体で飛ぶんだもの、嫌いになって傷つけたりしたら駄目だよね。切り落とさないでよかった」

（いつか私も）

さつきは思う。

(自分でもどうしていいのかわからないスランプに陥るかもしれない)

そんなときは、理子を見よう、思い出そうと誓う。

(理子がいたら、きっと乗り切れる)


初雪が降り、溶けずにある程度残るようになり、少年団のシャンツェの準備が整えられた。さつきが入団して以来、最も早い実践練習の始まりだった。

今日から飛べるとなったその日、さつきは理子とともに放課後まっすぐシャンツェへ向かった。

練習に来ない理子を探したあのとき、斜面から吹き下りてきた夏風は、もう影も形もなく、代わりに地面近くの粉雪を巻き上げる冬の風がそこにあった。

ロッジでワンピースに着替え、ヘルメットをかぶり、永井コーチがワックスを施して準備万端にしてくれていたスキーをつけ、理子は一番大きな台を見上げた。

理子の筋の通った鼻に落ちようとした雪が、口から漏れる白い息で静かにかき消される。

ほんの少し、不安の影が理子の瞳に差す。

「行こう」

その影を追い払うようにさつきが声を張ると、理子は視線を戻して、一度大きく頷いた。

10　今度は私が

吉村杯、当日の朝。

雲の切れ端すらない、冷たく澄んだ冬晴れの青空が世界をぐるりと包み込んでいた。

少年団の小さなマイクロバスで到着してみると、すでに報道陣が、シーズン幕開けとなるジャンプ大会の取材に集まっていた。

初めてこの大会の場を訪れたときの光景が、さつきの頭の中に浮かぶ。

なにも知らなくて、やってきた。ワンピースのマンガを持って。

「ラーメン」「うどん」といったのぼりや、温かい飲み物、肉まんやあんまんが配られるコーナーがあって、いい匂いがしているのは変わらない。

あの日、さつきは理子が飛んでくるのを、この目で見た。

風を切って、青空を背に、凜々しく美しく飛んでくるのを。

(あの瞬間、私の中で、なにかが変わった)

だから今、自分はここにいる。

そう、さつきは強く感じる。

選手控室で準備を済ませて理子と一緒に外へ出る。

「ええっ？」

さつきは思わず声を上げてしまった。

道憲と一美が、完全防寒の格好でうどんをすすっていたからだ。智子も一緒だった。

「お父さんとお母さん、なんで来てるの？」

近づいて問いただしたさつきに、一美は涼しい顔でこう言ってのけた。

「あんたを見に来たんじゃなくて、理子ちゃんを見に来たの。ねえ、智子さん」

「あら。私はさつきちゃんのジャンプが楽しみよ」

一美と智子が仲よさげに笑い合う。

理子は道憲と一美に対して、きりりとした顔をさらに引き締めた。

「ありがとうございます。おじさんとおばさんに恥ずかしくないジャンプをします」

一美は大らかに、なおかつ優しく、理子の肩を叩いた。「大丈夫。リラックスよ、理子ちゃん。さつき、あんたはもうちょっとしゃんとなさい」

「なによ、私のことはどうでもいいくせに」

口をとがらせたさつきを、理子がくすくす笑う。

「理子も笑わないでよ」

「ごめん。ね、あっちでコーチにシミュレーションやってもらおう」

理子には、ジュニア代表の気負いも、夏のシーズンに結果を出せなかったことへの気後れも感じられなかった。

それより、早く飛びたいという瞳をしていた。

「おい、理子」

人ごみの中で圭介が手を振っていた。理子は小首を傾げながら圭介に近づいた。

「勉強はいいの?」

「今日はいい。ドーケン先生も適度にテレビとか見て、気晴らししたって言ってたし」

「私に成績まで追い抜かれたらどうするの?」

冗談めかした理子の言葉を、圭介も笑い飛ばした。

「それは絶対にない」

「さすが沢北町のエースくん」

軽く手を上げてその場を立ち去ろうとした理子を、圭介が「ちょっとごめん」と引きとめた。

「なに?」

「あのさ」

圭介は少し伸びた髪の毛を、照れ隠しのようにかきあげた。「永井コーチと……遠藤コーチによろしく言っといて」

「自分で言えばいいのに」

口を挟んださつきに、圭介は「うるせえ。俺、肉まんもらってくる」と逃げた。

さつきは理子と目を合わせてから、二人でその後ろ姿に笑った。

「さつき、はやくシミュレーションやろう」

「うん」

(きっと大丈夫)

さつきはこの本番に備えて、少年団のシャンツェでの練習ジャンプ、それから前日の公式練習を理子と飛んできた。理子はまだ、完全には調子を戻していないようだった。けれども、思うように記録が出ないことを、恐れている様子はなかった。「まだ練習だし」と自分に言い聞かせるように口にし、理子はスタートゲートへ向かった。

(大丈夫。信じよう)

飛ぶごとに理子は自分の体を把握したはずだ。こつこつと地道なトレーニングを重ねた結果も、必ずどこかで表れる。

(信じるんだ)

さつきはすぐ後ろに足音を聞いた。

振り向くと斉藤麻美選手の姿があった。

「おはようございます」

先に声をかけたのは理子だった。

「おはようございます、小山内さん、室井さん」

斉藤選手はぱっちりとした瞳で、二人と順に視線を合わせた。「シーズン最初の大会、お互いいいジャンプを飛びましょうね」

「はい」

さつきは理子と同時に返事をする。斉藤選手は少しの間二人を交互に見ていたが、顔をそらす間際、ほんのわずかに笑みを浮かべた。

甲斐選手もいた。良い緊張状態でいるようだ。さつきと理子を見つけて、軽く手を上げる。

開会式までさつきは、理子や他に出場する中学生団員とともに、永井コーチ、遠藤コーチと最後の踏み切りの確認練習をした。

スタート順は、持っているポイントで決定される。

夏のシーズン、さつきは理子よりも成績が良かった。だからさつきは最後から二番目だった。一番最後は、斉藤選手だ。

理子はさつきよりも五人前に飛ぶ。

今までの大会で、理子がさつきより先に飛ぶことはなかった。

さつきが先に飛んで、後から飛んでくる理子を待っていた。

雪も降っていなければ、危険を呼ぶような強風も吹いていない。

コンディションは悪くない。

さつきはスタートゲートの横の待機場で、ヘルメットの位置を整える。

『十二番　小山内理子選手　沢北町ジャンプ少年団』

アナウンスが理子を呼ぶ。

「はい」

理子は腰を下ろしたスタートゲートの上を中央まで移動し、アプローチのラインにスキー板を乗せて、ゴーサインを待つ態勢に入った。

ゴーグルをつけた横顔は、やはり緊張を隠し切れていない。

(理子)

さつきは心の中で呼ぶ。

(理子のジャンプを飛んで)

心の声が聞こえたかのように、理子はちらりとさつきを見て、わかるかわからない程度に頷いた。

カンテ横の風向計が、風向きを教える。

向かい風だ。

スタートの旗が振り下ろされる。

そのとき、理子の横顔から過度の緊張が消えた。唇は微(かす)かに笑ったようにも見えた。理子は頷いた、向かい風に向かって。

理子はゲートから腰を浮かせた。膝を折って上体を低くし、両腕を体の脇につけて後ろへ伸ばしたクローチングスタイルで、アプローチを滑り降りていく。

（いけっ）

さつきがここだと感じたちょうどそのタイミングで、理子は踏み切った。

風を切る音が聞こえる。下方の人たちのどよめきも。

接地の音はそれまでの誰より遅かった。

『九十八メーター五十』

観客のどよめきがさらに大きくなって、スタートゲート付近の選手たちにまで届く。ゲート近くで待機している選手も、同じように声をあげていた。今のところ、最長不倒だ。

「ふうん」

斉藤選手がさつきの横でひとりごちた。「やるじゃない」

（強くて）

次の甲斐選手が飛ぶ。二番目につけたが理子を超えられなかった。

（強くて、きれいな理子）

その次の選手も、また次の選手も、理子の記録に届かない。

（だから今度は、理子に見てほしい）

さつきの前の選手も、理子には遠く及ばなかった。

（小学校五年生の冬は、理子が私に向かって飛んできた）

『十七番　室井さつき選手　沢北町ジャンプ少年団』

「はいっ」

（今度は私が、理子のところまで飛ぶ）

きっと理子は待っている。ブレーキングゾーンの横で、スキー板をはずして。

さつきが飛んでくるのを。

どんなふうにさつきが飛ぶのかを。

スタートゲートからまっすぐ続くアプローチを見つめる。自分の行き先はもう決まっている。

そのとき、ふっとさつきの周りからただ一つだけを残して、音が消えた。

風の声だけが聞こえる。

向かい風が呼んでいる。

強く、はっきりと。

——こい。飛んでこい。
——飛べ。
(よし)
スタートの合図とともに、さつきはアプローチを滑りだす。

参考文献

『なぜV字で飛ぶか』小野学（小学館文庫）
『ジャパンマジック　金メダルへのフライト』小野学（ＮＨＫ出版）

本書の取材にあたりましては、
下川町教育委員会　伊藤克彦さま
下川町スキージャンプ少年団のみなさま
二〇一一年シーズンにスキージャンプ大会に出場された少年少女選手のみなさま
そして
全日本女子スキージャンプコーチ　山田いずみさま
にご協力をいただきました。謹んで御礼申し上げます。

著者

解説

小路幸也

乾ルカさんとは二度会っている。一度目は鼎談で二度目は座談会だ。

鼎談は大ベテランの作家さんと僕とルカさんだったので、僕もルカさんも初対面の挨拶もそこそこに大ベテランの先生の話す言葉を聞き漏らすまい、ちゃんとした受け答えができるようにせねば失礼だ、と必死だったので、その他には何も会話できなかった。終った後、帰り際に「じゃあまたいずれゆっくりと」と、挨拶しただけだった。

二度目は、桜木紫乃さんとルカさんと北大路公子さんという札幌圏の女流作家の三人に対して男は僕一人という座談会。女三人寄ればなんとやらで、僕は才媛揃いの女性陣の様々な口撃に応戦し耐えるのに精一杯で、座談会のテーマ以外のことをゆっくり話すどころではなかった（もちろん冗談ですからね）。

なので、三十分かそこら車で走れば会えるところに住んでいながら、そして同じ北海道に生まれ育ち同じ小説家を職業としていながら、ルカさんの個人的なことはまるでわからない。

でも、ひとつだけ確信していることがある。

ルカさんの著作をいくつか読んで、感じたのだ。

きっと僕とルカさんは、物語を書く際に同じようなポイントを見つめながら書いている、と。

同じようなポイントとは何か？　を説明するのはちょっと難しいし創作論のような堅苦しい話が長くなってしまうので、ここでは内緒にしておく。もしも僕とルカさんに同じ担当編集者がいたなら「あ、案外そうかもしれませんね」と納得してくれるはずだ。それは物語を書くためのエンジンとガソリンのようなたとえ話になるのだけど、まぁ興味を持たれた方がいたなら、ぜひ小路幸也の本も読んで考えてみてください（と、さりげなく自分のPRに持っていく巧いやり口）。

『向かい風で飛べ！』は、スキージャンプ競技を題材にし、強さに憧れ弱さに悩む女の子たちの物語だ。

北海道の人ならジャンプ競技って身近なものなんでしょ？　と思われる方もいるだろうが、ところがどっこいでっかいどう北海道で、北海道と言えども雪のあまり降らない地方もある。スキーよりもスケートの方が盛んで、実はスキーは滑れませんという道産子だっているのですよ。

僕は積雪の比較的多い旭川市生まれなので、物心ついたときにはもうスキーを履いていた。小学校時代の冬の体育の授業はほとんどスキーばかりだった。学校の校庭には小さな山がありそこで皆で滑ったし、冬の遠足は近場のスキー場へのスキー遠足だ。なので、今でもどんな雪山であろうとそこがスキー場でさえあるなら、天辺(てっぺん)から麓(ふもと)まで滑って降りてこられる程度にはスキーができる。

だから、スキー競技の一種であるスキージャンプがどんなに難しくて、同時に楽しいかを体感でわかっている。小学校のスキー山には小さなこぶが作られて、そこでは皆で競って〈ジャンプ〉をしていたのだ。もちろん本物のジャンプ競技とは比較にならない、ただの〈遊び〉としてのものだけど、そこには作品中にもあるように、〈スキージャンプ〉の全てが詰まっているとも言えるんじゃないだろうか。

自分の身体ひとつで滑ってきて、スキーと一緒になってジャンプ台の見えない向こう側へ、翔(と)ぶ。

正確には〈跳ぶ〉のだけど、ジャンプ競技を間近で観るとそれは〈翔ぶ〉のだと理解できる。

人が翔ぶのだ。

本当に、身体ひとつで。

その気持ち良さは、その身体で味わってみないとわからない。僕らがやっていたのはただの遊びに過ぎない。飛距離だってジャンプしてから着地までせいぜい一メートルか二メートルだ。上級生になったら三メートルぐらいは行ったかもしれない。それでも、全身に受ける風の気持ち良さと翔んでいる感覚は今でも覚えている。スキージャンプとは、そんな魅力の詰まったスポーツなのだ。

スポーツをやり続けるというのは、挫折の繰り返しでもある。スポーツではないところでの挫折は認めることが難しい場合もあるけれど、スポーツでは簡単だ。本当にわかりやすい形で挫折を味わえる。

負ける者と勝つ者がいるからだ。

敗者になった自分は勝者より弱いんだと、身体と結果で実感できる。

しかも、自分がどれだけ努力をしてきたかもわかっているから、その努力も勝者には通用しないのかと心折られてしまう。

競技者は、その挫折を乗り越え、自分と戦い、さらなる高みを目指していく。どうしてそこまでするのか、という問いへの答えは、その人にしか出せないものだろう。

そういう競技スポーツの世界でひたすら上を目指していく子供たちの中に、とりわけ小学校高学年から中学生ぐらいで、飛び抜けて大人びてしまう子供がいる。

僕たちも、ときどきその子たちが高校生ぐらいになってスポーツ関連の番組のインタビューなどを受けているのを見て、感じることがあるだろう。

すごくきちんとした子供だなぁ、と。

それは、強い子は、本当の意味で優しくなっていくからだ。強さを得るための試練を乗り越えて、その試練の厳しさ辛さを身をもって知ることができたからだ。同時に、自分の弱さを知ったからだ。

本当に強い人は、周りを威嚇(いかく)する雰囲気など醸し出さない。ただ、優しい。

この物語で、主人公である室井(むろい)さつきちゃんをスキージャンプの世界に誘う小山内理子(おさないりこ)ちゃんもそんな子供の一人だ。

理子ちゃんは、既に将来の女子ジャンプオリンピック候補と大人からも認識されているほどの才能の持ち主だ。もちろんその裏側には生来の才能と同時に、人一倍の努力が隠されている。

強いから、優しい。凛として、大人びて、周りの同級生たちにとっては少し近寄りにくい雰囲気を漂わせている。さつきちゃんはそんな理子ちゃんに魅かれてジャンプ競技を知り、そしてその魅力に夢中になっていく。さらに〈翔ぶ〉ことの素晴らしさを知り、その〈秘められた才能〉を徐々に開花させていく。

そこから先は、物語を読んで確認してほしい。

女の子たちの物語だ。そこには女の子が競技者として進んでいくときに現われる、あるいはやってくる様々な問題と葛藤が描かれていく。

同時にこれは、親たちの物語でもある。

スポーツに熱中する子供を持つ親御さんであれば、共感できる様々なシチュエーションが描かれていく。僕も一応は二人の息子を育てた親なので、その難しさは本当に実感している。好きなことを続けさせることと、才能があるかないかは別の問題だ。そして子供の成長を見守ることと、手を差し伸べて育て上げることの間にある困難さ。

子の親であれば必ず一度は経験するものがしっかりと、描かれていく。

生きていれば、日々を暮らしていけば必ず訪れる様々な〈選択〉。大きい小さいにかかわらず幾度もそれはやってくる。それをチャンスと呼ぶか困難と呼ぶかは、その人が決めることだ。

ルカさんはこの物語でそういうものを、描き出していく。

北海道は、雪で何ヶ月も閉ざされると表現するが、実はそんなことはない。真っ白な雪の季節は僕たちに様々なものを与えてくれる。

雪と風を友にして、そして空へと翔ぶ少女たちの物語をどうぞ楽しんでください。

（しょうじ・ゆきや　作家）

『向かい風で飛べ！』二〇一三年一二月　中央公論新社刊

中公文庫

向(む)かい風(かぜ)で飛(と)べ！

2016年10月25日　初版発行

著　者　乾(いぬい)　ルカ

発行者　大橋 善光

発行所　中央公論新社
〒100-8152　東京都千代田区大手町1-7-1
電話　販売 03-5299-1730　編集 03-5299-1890
URL http://www.chuko.co.jp/

DTP　ハンズ・ミケ
印　刷　三晃印刷
製　本　小泉製本

Published by CHUOKORON-SHINSHA, INC.
Printed in Japan　ISBN978-4-12-206300-6 C1193

中公文庫既刊より

各書目の下段の数字はＩＳＢＮコードです。978－4－12が省略してあります。

あ-80-1
あかりの湖畔 青山七恵
湖畔に暮らす三姉妹の前に不意に現れた青年。運命の出会いが、封じられた家族の「記憶」を揺さぶって——人生の小さな分岐点を丹念に描く傑作長編小説。
206035-7

い-115-1
静子の日常 井上荒野
おばあちゃんは、あなどれない——果敢、痛快、エレガント。75歳の行動力に孫娘も舌を巻く！　ユーモラスで心ほぐれる家族小説。〈解説〉中島京子
205650-3

い-115-2
それを愛とまちがえるから 井上荒野
愛しているなら、できるはず？　結婚十五年、セックスレス。妻と夫の思惑はどうしようもなくすれ違って……。切実でやるせない、大人のコメディ。
206239-9

お-51-1
シュガータイム 小川洋子
わたしは奇妙な日記をつけ始めた——とめどない食欲に憑かれた女子学生のスタティックな日常、青春最後の日々を流れる透明な時間をデリケートに描く。
202086-3

お-51-5
ミーナの行進 小川洋子
美しくて、かよわくて、本を愛したミーナ。あなたとの思い出は、損なわれることがない——懐かしい時代に育まれた、ふたりの少女と、家族の物語。谷崎潤一郎賞受賞作。
205158-4

お-51-6
人質の朗読会 小川洋子
慎み深い拍手で始まる朗読会。耳を澄ませるのは人質たちと見張り役の犯人、そして……。しみじみと深く胸を打つ、祈りにも似た小説世界。〈解説〉佐藤隆太
205912-2

お-65-1
西の善き魔女Ⅰ　セラフィールドの少女 荻原規子
舞踏会の日に渡された亡き母の首飾り。その青い宝石は少女を女王の後継争いのまっただ中へと放り込む。少女フィリエルの冒険が始まった。〈解説〉坂田靖子
204432-6

お-65-9
これは王国のかぎ
荻原規子
失恋し、泣き疲れて眠って目覚めたら、そこは――アラビアンナイトの世界に飛び込んだ中学生・上田ひろみ。不思議な力を持つ「魔神族」としての旅が始まる！
204811-9

お-65-10
樹上（じゅじょう）のゆりかご
荻原規子
生徒会活動、合唱祭、演劇コンクールに体育祭、そして……。高校二年生の上田ひろみが出会った「名前のない顔のないもの」とは？　伸びやかな青春小説。
205452-3

か-57-2
神様
川上弘美
四季おりおりに現れる不思議な生き物たちとのふれあいと別れを描く、うららでせつない九つの物語。ドゥ・マゴ文学賞、女流文学賞受賞。
203905-6

か-57-5
夜の公園
川上弘美
わたしいま、しあわせなのかな。寄り添っているのに、届かないのはなぜ。たゆたい、変わりゆく男女の関係をそれぞれの視点で描き、恋愛の現実に深く分け入る長篇。
205137-9

か-57-6
これでよろしくて？
川上弘美
主婦の菜月は女たちの奇妙な会合に誘われて……夫婦、嫁姑、同僚。人との関わりに戸惑いを覚える貴女に好適。コミカルで奥深いガールズトーク小説。
205703-6

か-61-1
愛してるなんていうわけないだろ
角田光代
時間を気にせず靴を履き、いつでも自由な夜の中に飛び出していけるよう…好きな人のもとへ、タクシーをぶっ飛ばすのだ！　エッセイデビュー作の復刊。
203611-6

か-61-2
夜をゆく飛行機
角田光代
谷島酒店の四女里々子には「ぴょん吉」と名付けた弟がいて……うとましいけれど憎めない、古ぼけてるから懐かしい家族の日々を温かに描く長篇小説。
205146-1

か-61-3
八日目の蟬（せみ）
角田光代
逃げて、逃げて、逃げのびたら、私はあなたの母になれるだろうか……。心ゆさぶるラストまで息もつがせぬ傑作長編。第二回中央公論文芸賞受賞作。〈解説〉池澤夏樹
205425-7